挑
さないでしょ?」と
な幼馴染を
わからせてやったら、
予想以上にデレた
3
桜木桜
ill. 千種みのり
Sakuragisakura
Presents
Illust. by Minori Chigusa

CONTENTS

Sakuragisakura
Presents
Illust. by Minori Chigusa

「ねえ、いーくん」

「キス、して?」

「キスなんてできないでしょ？」と挑発する生意気な幼馴染をわからせてやったら、予想以上にデレた３

桜木桜

GA文庫

カバー・口絵　本文イラスト
千種みのり

プロローグ

十二月、ある日の日曜日、とある喫茶店。

「女の子って、どういう時に告白したくなるものなんだ？」

「……はい？」

俺《おれ》の問いに葉月《はづき》は困惑した表情で首を傾《かし》げた。

突然すぎたか。

「愛梨《あいり》って、俺のこと、好きだと思うんだ」

「はぁ……？　今更かと言いたいところですが、それで？」

「どうすれば告白してくるかなって」

愛梨と恋人になりたい。

しかし自分から告白するのは嫌なので、愛梨に告白させたい。

と、そういう方針を立てた俺だが、具体的にどうするべきか分からなかった。

女心など、分からない。

ということで、餅は餅屋。

女心は女の子に聞くことにした。

「好かれている確信があるなら、風見《かざみ》さんの方から告白すればいいじゃないですか」

「俺から頼むのは嫌だ」

「め、面倒くさいですね……というか、あれ？」

葉月は少し驚いた様子で目を見開いた。

「好きだと認めるんですか？」

「……あぁ、まあ、少しな」

「驚きです。……何か、ありました？」

「内緒だ」

キスした話をすれば、揶揄《からか》われるのは目に見えている。

言わない方がいいだろう。

「……そうですね。個人的な主観ですと、私は告白するより、される方がいいです」

葉月は頬《ほお》を掻《か》きながらそう答えた。

いつもは俺たちを揶揄ってくる葉月も、自分の話になると照れ臭《くさ》いらしい。

「そうなのか？」

「相手から求められる方が、嬉《うれ》しいに決まっています」

それは……確かにそうだ。

変な拘《こだわ》りは捨てた方がいいのか？

いや、でもなぁ……。

「本当に好きなら、自分から行くと思うので、きっと本気で好きじゃないのでしょうね」

「それは……どっちが？」

「両方、ですよ」

葉月はそう言って、小さく鼻で笑った。

「いや……」

何となくムッとしたので、反論を試みた。

しかし上手《うま》い言葉が出てこない。きっと、正論だからだろう。

「なるほど」

あぁ、そうだ。

俺は愛梨と恋人になりたいと思っている。

しかし恋人でなければいけないとは、思っていない。

今のままでも、どこか満足している。

それは愛梨も、同じだろう。

だって、友達のままでもキスできるし。

「ただ、私からするとあなた方はすでに恋人同士だと思いますけどね」

「そんなことはないと思うが」

「じゃあ、愛梨さんと同じことを、私にするんですか？」

愛梨と同じことを、葉月と？

同じこと……キスとか、か。

できない、な。

いや、でも愛梨は幼馴染だ。

ただの友人の葉月とは、関係性が違う。

「……何にせよ、私は愛梨さんではありませんから。どうして彼女が告白しないのか、理解できません。好きなら好きと言えばいいんです」

「だよな」

「ブーメラン、刺さってますよ」

「今のはジョークだ」

愛梨が俺に告白しないのは、俺と同じ理由だろう。

自分から頼むのが、嫌だからだ。

そして、今のままでもいいとも思っているのだろう。

「葉月なら、どうなんだ？」

「……私なら？」

「好きな人がいたとして、どういう状況なら、告白する気になる？」

「……難しいことを聞きますね」

「やっぱり、されたいから、待つのか？」

先ほどの話だと、葉月も告白されたい側であるようだ。

そんな葉月が、どういう状況なら告白する気になるのか。

仮定であったとしても、興味はある。

「……誰《だれ》かに、盗られそうな時ですね。勝算がある前提ですが」

「ふむ、ということは……」

「ただ、別に好きな人がいると、偽る人は嫌いです」

「そ、そうか」

一瞬、名案だと思ったのだが。

……でも、確かに愛梨が「好きな人がいる」と言い出したら、ちょっと傷つく。

自分がされて嫌なことは、相手にもしない方がいいだろう。

「嘘《うそ》を言う人より、強がる人より、正直な人の方が、私は好きです」

「そ、そうか」

「相手に正直であることを求めるなら、まず自分から正直になるべきでしょう」

「むむ……そう、か？」

でも、そうか。

仮に俺から告白しないにしても、俺が愛梨に好意を抱いていることは、迂遠《うえん》でも伝えるべきかもしれない。

愛梨のやつ、きっと気付いてないからな。

「ありがとう。参考になった」

「それは良かったです。……あまり焦《じ》れ焦れされると、イライラするので、気を付けてください」

「あぁ、うん……？」

何でイライラするんだよ……。

※

とあるファミレス。

「葛原《くずはら》君ってさ、どんなシチュエーションだったら、告白したくなる？」

私──神代《かみしろ》愛梨が葛原君にそう尋ねる、彼は呆《あき》れ顔を浮かべた。

「風見に聞けよ」

「本人に聞けないでしょ。馬鹿《ばか》なの？」

「馬鹿って、お前、それが人に物を頼む態度かよ……って、うん？　本人……？　え、それって、つまり……そういう意味か？」

葛原君の言葉に、私は自分の顔が少し熱くなるのを感じた。

照れくささを誤魔化《ごまか》すために、私は彼を睨《にら》んだ。

「……悪い？」

私は一颯《いぶき》君のことが、好きだ。

彼と恋人になりたい。

しかし一颯君に私から告白するのは、癪《しゃく》だ。

何だか、私の方が一颯君のことが、好きみたいに見える。

一颯君の方が、より私のことが好きなんだから、一颯君の方が私に告白するべきだ。

「いや、ついに認めるんだなと……驚いたんだ」

「……？　私が一颯君のことが好きになったのは、最近だけど？」

「それは無理があるだろ……」

「なに、それ？　どういう意味？」

「い、いや、な、なんでもねぇ……」

私が声を低めると、葛原君は慌てて両手を振った。

しかし小声で「こ、こわっ……あいつ、よくこんな気の強いやつと付き合えるよな……」と呟《つぶや》いたのを、私は聞き逃さなかった。

「別に気が強くなんてないし。……普通よ」

そうは言いつつも、少し不安になる。

やっぱり、私は気が強すぎるのだろうか？

もうちょっと、お淑《しと》やかな感じの女の子の方が、一颯君の好みだったりするのだろうか？

例えば葉月ちゃんみたいな……。

もっとも、一颯君の好みに合わせて性格変えるなんて、癪だし、嫌だけど。

「あー、うん、そうだな。普通だな。で、えっと……どんなシチュエーション、だっけ？」

「そう。男の子って、どういうシチュエーションというか、雰囲気だったら、告白する気になるのかなって」

「……あくまで、告白してほしいんだな」

「当たり前じゃない。だって、告白って、男の子が先にするものでしょ？」

私の方から頼むのが癪だというのもあるが……。

それ以上に、交際は男性の方から頼むのが、多数派のはずだ。

プロポーズだって、男性からの方が多いはず。

「そ、そうか。神代の中では、そうなんだな」

「文句あるの？」

「な、ないです。それで、シチュエーション……うーん、シチュエーションと言っていいかは分からないけど……」

「うん」

「この子、絶対俺に惚《ほ》れてるじゃんって感じの子は、好きになっちゃうかもな……」

「……どういうこと？」

私の方から好きと言えば、一颯君も好きと返してくれると？

それじゃあ、意味がないんだけど。

一颯君の方から、好きって先に言わせたいんだけど。

「男って、単純だから。自分のことが好きな女の子を、好きになるんだよ。だから、こいつ、俺に気があるんじゃないか？　って、思ったら、告白する気になるかな？」

「つまり脈ありだと、告白したくなるってこと？」

「告白したくなるというよりは、好きになるって感じだけど。……でも、フラれるリスクを考えると、やっぱり勝算が高くないと告白は躊躇《ちゅうちょ》するだろ？」

「……確かに」

もし一颯君の方から好きだと言ってきたら、私は受け入れてあげるつもりだけど。

当然、一颯君は私の気持ちなんて分からない。

もしフラれたら……と、尻込《しりご》みしているかもしれない。

「今まで一颯君にそういう脈ありなこと、あまりしたことないし。だから告白してこないのかも……」

「いや、神代は割と露骨に好き好き光線出てると……な、なんでもないです」

私が睨《にら》みつけると、葛原君は縮こまった。

別に好き好き光線なんか、出してないし。

……確かにキスとかしたけど。

抱き着いたり、ボディタッチとかもしたけど。

それだけだし。

「でも、そうね。好きと告白するのは嫌だけど、私が一颯君のことをほどほどに好きであることを、遠回しに伝えてあげるのは、重要だわ」

「……そ、そうだな」

「何か言いたそうね」

私がそう咎《とが》めると、葛原君は目を泳がせた。

「い、いや、別に何もないけどさ……」

「けど、なに？」

「ぐ、具体的にどうするつもりなのかなぁ……って、思いまして」

「……そうね」

キスはもう、しちゃったけど。

それよりも上のことを、しないといけないのかな？

それより上だと、それこそエッチしか……。

「か、考えておくわ！」

「……素直に好きというのが一番手っ取り早いと思うけどな」

「何か言った？」

「いいえ、何も」

葛原君は首を大きく何度も左右に振った。

※

葉月を家の近くまで送り届けた後、俺は家路に着いた。

ちょうど、家に到着しようというところで、反対側から見覚えのある人物が見えてきた。

目と目が合う。

少し前まで、彼女との関係について相談していたこともあり、少々気まずいが……。

挨拶《あいさつ》をしないわけにはいかない。

「……よ、愛梨」

「あぁ、うん……一颯君」

声を掛けると、愛梨は何故《なぜ》か気まずそうに目を逸《そ》らした。

すぐに家に入ろうかと思ったが、しかし愛梨はなぜか立ち止まったまま動かない。

そして愛梨もなぜか、押し黙ったまま話そうとしない。

「……」

「……」

沈黙が場を支配する。

……何だろう、気まずいな。

「……何か、用でもあるの？」

耐えかねたのか、愛梨は俺にそう尋ねた。

何だか、冷たい言い方だ。

「いや、別に。会ったから、声を掛けただけだ。……そっちは？」

「別に私も。……用はないけど？　一颯君がいつまでも、家に入らないから。何か、話したいことでもあるのかなって」

それは俺も同じだ。

愛梨に用がないなら、もう家の中に入ろうかな。寒いし。

そう思った、その時。

「……どこに行ってたの？」

唐突に愛梨は俺にそう尋ねた。

まさか、葉月に恋愛相談をしていたなどと、口にはできない。

「いや、別に。……買い物だよ」

「何も持ってないじゃん」

咄嗟《とっさ》についた嘘は、あっさり見抜かれてしまった。

「……欲しいのがなかったんだよ」

俺がぶっきらぼうにそう答えると、愛梨は面白《おもしろ》くなさそうに小さく鼻を鳴らした。

俺に内緒があるのが気にくわないようだ。

「誰かと、一緒に行ったの？　女の子？」

「そんな相手、いると思うか？」

「陽菜《ひな》ちゃんとか」

一瞬、ギクッとする。

しかし冷静に考えてみれば、以前、葉月と一緒に買い物に行ったことがある。

今回も葉月と出かけたと考えるのは、おかしな話ではない。

「まさか。一人だよ、一人」

後で葉月には口止めしておこう。

そう思いながら俺は答えた。

尚も追及を続けようとする愛梨に、俺は逆に尋ねた。

「そっちは?」

「……別に一颯君には関係ないでしょ?」

愛梨はそう言って顔を背《そむ》けた。

突き放したような言い方だ。何だか、モヤモヤする。

……ダメだな、このままだと喧嘩《けんか》になってしまう。

「そういえば、そろそろ、クリスマスね」

「え?　あぁ……うん、そうだな」

唐突に愛梨が話題を変えてきた。

俺は戸惑いながらも、それに乗る。

「プレゼント、忘れないでね?」

「あぁ……さすがにクリスマスは忘れないよ」

俺が苦笑しながらそう答えると、愛梨は小さく笑った。

「じゃあ、楽しみにしてるから」

そう言って家の中に入った。

俺は思わずため息をつく。

「クリスマスプレゼントか……」

金、デートで使い切っちゃって、ないんだけど。

どうしようかな。

第一章 ＊ いちゃらぶ聖夜編 ＊

クリスマスイブ。

聖なる夜の日。

「あ、んっ……」

ベッドの上で金髪の少女が甘い声を上げた。

俺《おれ》が手を動かすたびに、気持ちよさそうに身動《みじろ》ぎする。

「ここはどうだ？」

「んぁ……い、いい……もっとして……」

自分でも決して上手だとは思わない。

しかし手探りながら、反応を確認しながら進めていく。

「あっ……そ、そこは……」

突然、ビクッと少女の体が跳ねる。

強くしすぎたのかと思い、咄嗟《とっさ》に手を退《の》ける。

「痛かったか？　……これくらいなら、どうだ？」

俺は先ほど触れた箇所を、優しく触る。

円を描くように、撫でるように。

すると少女の口からは心地よさそうな、しかしどこか物足りなさそうな声が漏《も》れた。

「……して」

「うん？　何て言った？」

俺が聞き返すと、少女はのぼせたような表情で答えた。

「もっと、強く……痛くして……」

「いいのか？」

俺が聞き返すと、少女が小さく頷《うなず》いた。

「痛い方が、気持ちいいの……強くして」

「……分かった」

俺は指に力を込めた。

瞬間、幼馴染の口から今日で一番大きな声が漏れた。

※

「メリークリスマス！」

「うわ！」

パンパン！

俺——風見一颯《かざみいぶき》が隣家の玄関を開けると同時に、クラッカーの音が鳴り響いた。

クラッカーを鳴らしたのは、サンタクロースだった。

ミニスカにへそ出し、肩出しと妙に扇情的な恰好をした、女のサンタクロースだ。

「お、脅かすなよ……心臓に悪いだろ」

俺はバクバクと鼓動する心臓を撫でながら、ミニスカサンタ……の恰好をした、幼馴染——

神代愛梨《かみしろあいり》に文句を言った。

愛梨はニヤニヤと楽しそうに笑みを浮かべる。

「予想してない方が悪いの！　ところで、一颯君」

「なに？」

「さ、寒いから……は、早く閉めて……」

愛梨は体を両手で抱き、カチカチと歯を震わせながら言った。

「そんな恰好、してるからだろ。風邪ひくぞ」

俺は呆《あき》れながらも扉を閉めた。

そして着ているコートを愛梨の肩にかける。

扉を閉めてもなお寒いのか、愛梨はコートで自分の体をすっぽりと覆《おお》った。

もしかして、寒い中、俺を驚かそうと待ち構えてたのか……。

「もう少し着込んで来いよ」

「いいの。部屋の中は暖かいから」

そんなやり取りをしながら、廊下を歩き、リビングに入る。

ここまで来ると暖房が効いていて、暖かい。

「これ、返すね」

愛梨はそう言って俺にコートを手渡した。

俺はコートと、合わせて上着も脱ぎ、適当な場所に置いた。

そして手に持っていた買い物袋を愛梨に差し出す。

「これ、食材。言われた物は全部買ったけど……他は揃《そろ》ってるんだっけ？」

「うん。仕込みが必要なのは、終わらせてるから。後は調理するだけ」

今日はクリスマスイブだ。

例年通りであれば、風見家・神代家の両家合わせてホームパーティーを行うが、今回は俺と愛梨の二人きりだ。

両親たちはどこで何をしているのかというと……まあ詳しいことは知らないが、それぞれ夫婦でデートをするつもりらしい。

朝には帰るということなので、ついでにどこかのホテルにでも泊まるのだろう。

私たちがいないからって、ハメを外しすぎちゃダメよ？

ちゃんと、付けるモノは付けてね？

まだおばあちゃんにはなりたくないから。

というのが母の言葉だ。

上手《うま》いことを言ったつもりなのだろうか。

今更、新しい弟や妹はいらないからと言い返してやった。

「じゃあ、作ろうか」

「そうね」

二人でキッチンに移動する。

いや、待て。

「愛梨。お前、着替えないのか？」

「うん？　だって、これ以上着たら暑いし」

愛梨はシレッとした顔でそう言った。

だったら暖房の温度を下げればいいだけじゃないか。

水着ほど露出が多いわけではないが、それでも目に毒だ。

できれば着替えてほしい。

せめてへそは隠してほしい。

「あ、そうだ。これ、どう？　似合ってる？　通販で買ったんだけど」

愛梨はそう言いながら、両手を上げて伸びをした。
つま先立ちをして、僅《わず》かに体を逸《そ》らす。
そんなセクシーポーズをしながら、愛梨はニヤニヤと笑みを浮かべる。
「あ、あぁ……うん……」
俺は思わず目を逸らし、頬《ほお》を掻《か》いた。
正直に言うと、エロ可愛《かわい》い。
よく似合っている。
だがそれを素直に言うのは癪《しゃく》だった。
何て返してやろうか……と悩んだが、悩んだ様子を見せた時点で今更だ。
「似合ってるよ。……可愛い」
だから素直に答えた。
すると愛梨は目を大きく見開いた。
そして先ほどまでの余裕はどこへやら、体を両手で隠した。
「ふ、ふん……今日は随分、素直じゃない」
頬を赤らめながら、誤魔化《ごまか》すように小さく鼻を鳴らした。
よく分らんが……これは俺の勝ちでいいか？
あまり勝った気はしないが。

「……」

「……」

少しだけ、気まずい雰囲気になる。

「とりあえず、エプロンはした方がいいんじゃないか？」

「そ、そうね。それくらいは、するわ」

俺の言葉に愛梨は何度も首を縦に振った。

※

「完成だな」

「早速、食べましょう」

リーフサラダ。

ローストビーフ。

フライドチキン。

ビーフシチュー。

クリスマスケーキ。

その他、ピクルスなどの細々《こまごま》とした付け合わせ。

以上が俺と愛梨が作った、クリスマス料理だった。

種類も量も多いが、今日一日で食べ切る必要はない。

余った分は明日以降に食べれば良い。

「ねぇ、一颯君。これ、開けられる？」

愛梨はボトルのコルク栓と、格闘しながら俺に問いかけた。

ボトルの中には淡い金色の液体が入っている。

シャンパン……風《ふう》のジュースだ。

「貸してくれ」

俺は愛梨からボトルとコルク抜きを受け取る。

実際に使ったことはないが、親が使っているところを見たことがある。

思い出しながらやってみると、ポンという気の抜けたような音と共にコルク栓が抜けた。

「さすが、一颯君！」

「それほどでも。グラス、出してくれ」

「はーい」

俺は愛梨のグラスにシャンパン風ジュースを注《そそ》いだ。

それから愛梨にボトルを手渡し、俺のグラスにも注いでもらう。

「じゃあ、乾杯」

「乾杯！」

軽くグラスを掲げてから、スパークリングジュースを口に含む。

口の中でシュワシュワとした炭酸が弾け、グレープフルーツの風味が広がった。

それから料理を食べ始める。

「このローストビーフの焼き加減、完璧《かんぺき》だな」

「まあね」

料理を褒《ほ》めると愛梨は自慢気な表情を浮かべる。

いつもの生意気な表情だ。

しかし……。

「来年も食べたい？」

「え？　あぁ、うん……まあ」

愛梨が妙なことを言い出した。

困惑しながら俺が頷くと、愛梨は含みのある笑みを浮かべた。

「そう。……再来年も？」

「再来年も……そうだな。進学先次第だけど」

その時には俺も愛梨も大学生になっているはずだ。

同じ大学に進学するなら、会うのは簡単だ。

違う大学でも、場所が近ければ会うのはそう難しくない。

「その先はどう？」

「その先って……大学二年ってことか？　それとも、大学院に進学した後の話？」

「もっと先。これから、ずっと」

そう俺に尋ねる愛梨の表情は、少し強張《こわば》っていた。

こちらの表情を窺っているようにも見える。

「……そんな先のことなんて、分からないだろ」

「食べたいか、食べたくないか。一颯君の気持ちを聞いてるの」

愛梨は身を乗り出しながら、俺にそう尋ねた。

そう言う愛梨の顔は仄《ほの》かに赤らんで見えた。

あれ？　もしかして、俺……。

告白されてる？

お前の味噌汁をこれからも飲みたいみたいな感じの話か？

「そ、そうだな……」

何て返そうか。

これからも食べたいと、答えるべきだろうか？

いや、でもそれだとちょっとがっつきすぎている気がする。

「き、機会があれば、食べたいかな?」

「ふーん。機会があれば、ね……」

俺の返答に愛梨はやや不満そうな表情を浮かべた。

肩透かしを食らった。

そんな顔だ。

「それって……」

「逆に聞くけど」

俺と愛梨の声が重なる。

俺が口を閉じると、愛梨は目で「続きを言え」と促してきた。

「もし俺が、これからも食べたいって言ったら、作ってくれるのか?」

気が付くと、心臓が激しく脈打っていた。

顔が熱い。

そして愛梨の顔も真っ赤《まか》になっていた。

「そ、それは……」

俺の問いに愛梨は僅《わず》かに口籠《ごも》った。

何度か口を開こうとしては、閉じる。

そしてしばらくの沈黙の後、答えた。

「どうしてもって、頼むなら……作ってあげないこともないけど？」

「そ、そうか」

頼むなら、ね。

「ええ。一颯君の方から頭を下げて、頼むなら……作ってあげるけど。どう？」

もちろん、頭を下げるつもりはない。

だが要らないと答えるのは、本当に要らないと言っているようなものだ。

だから……。

「じゃ、じゃあ……その時は頼むことにするよ。その時は」

「あ、あぁ……そう。なら、気が向いたら、受けてあげるわ」

しばらくの沈黙。

何だろう、せっかくいい雰囲気だったのに……。

「ケーキ、食べないか？」

「そ、そうね。そろそろ、お腹《なか》いっぱいだし」

気を取り直して、俺たちはデザートを食べることにした。

二人でクリスマスケーキを半分ほど、食べる。

お腹いっぱいになった俺たちは、残った料理を冷蔵庫に仕舞った。

後はプレゼント交換をして、クリスマスパーティーは終わりだ。

「じゃあ、私からはこれ。いつもの」

「ありがとう」

愛梨から受け取ったのは、男性用の化粧水だった。

誕生日やクリスマスプレゼントは、いつもこれだった。

ひげ剃りの後とかに使うので、地味にありがたい。

さて、問題は俺からのプレゼントだが……。

「その……プレゼントなんだけど」

「なに？　……まさか、忘れたわけじゃないわよね？」

愛梨の顔が少し怖くなる。

まさか、ハロウィンでやらかして、クリスマスでもやらかすわけにはいかない。

プレゼント自体は用意している。

「その、これなんだけど……」

「……なにこれ。クリスマスカード？」

俺は愛梨に名刺サイズの紙を十二枚、渡した。

愛梨は怪訝《けげん》そうな表情を浮かべる。

「肩叩き券……？」

「えっと、その、手持ちがなくて……」

俺から愛梨へのクリスマスプレゼント。

それは肩叩き券だった。

※

私——神代愛梨は幼馴染から差し出されたクリスマスプレゼントを前に、困惑した。

肩叩き券。

母の日に低学年の小学生がプレゼントするような代物だ。

クリスマスに〝好きな女の子〟にプレゼントするようなものではない。

別に高価な物が欲しいわけでも、お洒落な物が欲しいわけでもないが……。

果たしてこれには〝気持ち〟が込められているのだろうか？

プレゼントを用意していなくて、今日の朝、慌てて作ったんじゃないか？

もしかして、私の勘違いで、一颯君は私のことなんて好きでも何でもないんじゃ……。

これは冗談なのだろうか？

そんな私の気持ちが顔に出ていたのだろうか。

一颯君は慌てて弁解を始めた。

「いや、俺もこれはどうなのかなって思ったんだけどさ。その、お金がなくて……何も用意しないよりはマシかなと。埋め合わせは、するから！」
「お金がないって……」
何か、無駄遣いでもしたの？
私はそう言いかけ、慌てて口を噤《つぐ》んだ。
そう、一颯君は最近、無駄遣いをしたのだ。
正確には私が無駄遣いをさせた。
遊園地に連れて行ってもらった。
遊園地に連れて行かせた。
もちろん、私は一颯君に全額、払わせるつもりはない。
私の我儘《わがまま》で何万円も出してもらったら、私自身が遊園地を楽しめない。
だから後で半分お金を出すと、約束した。
約束しただけだ。
まだ、払っていない。
割り勘分を払えるほどの貯金が、なかったからだ。
だからお正月……お年玉をもらえるまで、待ってほしいと一颯君には伝えていた。
要するに一颯君に手持ちのお金がないのは、私のせいだ。
もちろん、今すぐ返せと言われれば返せる分は返すつもりでいるけれど……。

一颯君の方から「クリスマスプレゼントを買うから金を返せ」とは言えるわけがない。

「ふふっ……そっか」

申し訳ないという気持ちもあるが、それ以上に私は安心した。

一颯君にとって、私は〝肩叩き券〟程度の女ではなかったのだ。

考えてみれば、あの遊園地自体がクリスマスプレゼントみたいなものだ。

リップクリームだって、もらったし。

そう考えてみると、〝肩叩き券〟でお茶を濁そうとする一颯君の行動が、可愛らしく見える。

それはそれとして……。

〝肩叩き券〟はないと思うけど。

もうちょっと、こう、なかったのだろうか？

確かにパッと思い浮かばないけれど。

「えーっと……愛梨？」

私がニヤついていると、一颯君は心配そうな表情で呼びかけてきた。

怒っていると思われてしまったのだろうか？

「大丈夫。事情は分かったから」

私がそう答えると、一颯君は安堵《あんど》した様子で小さく息を吐いた。

「ありがとう。えっと、埋め合わせは……」

「大丈夫。別に埋め合わせは必要ないから」

私だって、大したものを渡しているわけではない。

大事なのは気持ちだ。

そして気持ちは十分、伝わった。

「あぁ、そ、そう……？」

しかしどういうわけか、一颯君は不満そうな表情だ。

やっぱり、〝好きな女の子〟へのクリスマスプレゼントが〝肩叩き券〟というのは、嫌みたいだ。

一颯君、見栄っ張りだし。

可愛いところもあるものだ。

でも、そうだなぁ……埋め合わせか。

「代わりと言っては何だけどさ」

「な、なんだ⁉」

私の言葉に一颯君は身構えた。

少し嬉《うれ》しそうだが、同時に不安そうな顔だ。

ちょっと、面白《おもしろ》い。

「この肩叩き券……肩叩き以外にも、使っていい？」

「どういうことだ？　腰とか、足裏マッサージに使いたいって意味か？」

「そうじゃなくてさ」

私は一颯君手作りの〝肩叩き券〟をヒラヒラさせながら、言った。

「〝肩叩き券〟、じゃなくて〝愛梨ちゃんの言うこと何でも聞いてあげる券〟にしてくれない？」

これを使って、一颯君で遊んであげよう。

そう思いながら私は一颯君に提案した。

※

「い、今、何でもって……」

「うん、言った」

戸惑いの表情を浮かべる一颯君に、私は頷いた。

思わず笑みが漏れてしまう。

「肩叩き以外の命令も聞けということ自体は構わないが、何でもというのは、その……」

「私が一颯君が傷つくようなこと、すると思う？」

「お前に泣かされた思い出はたくさんあるけど」

「……」

一颯君の言葉に私は思わず目を泳がせた。

叩《たた》いたり、蹴《け》ったり、引《ひ》っ掻《か》いたり、物を盗ったり、騙《だま》したり。

確かに一颯君を泣かせてしまったことはあった。

……信用がないと言われると、反論できない。

「さ、最近はしてないでしょ？　昔の話、引っ張り出さないで！」

「あぁ、まあ、うん。そうだな」

一颯君が泣く姿を見たのは、小学生低学年の時以来だ。

〝泣かせた〟のは昔の話だ。

私がそう抗議すると、一颯君は苦笑した。

「いいよ。何でもね。何でも、言うことを聞こう」

そしてあっさり、承諾した。

これはこれで、ちょっとつまらない。

「えー、本当に良いの？　何でもだよ？　あんなことや、こんなことを命令されても、従わないとダメだよ？」

えっちな命令とか、恥ずかしい命令とか、しちゃうよ？

と、私は暗に一颯君に伝える。

しかし一颯君は余裕の表情だ。

「ああ、構わないよ」

「……そ、そう？　ふーん、じゃあ、早速使っちゃうけど、いいのね？」

「もちろん。何をすればいい？」

「え、えっと……待って、考えるから」

キスして。

ハグして。

服、脱いで。

えっちな命令ばかり、思い浮かべてしまう。

だが実際にそれを命令するわけにはいかない。

私が一颯君のことが好きだと、えっちな目で見ていると、バレてしまう。

「別に無理に考える必要はないと思うけど……消費期限はないからさ」

「い、いっぱいあるから、どれからにしようか、考えてるの！　黙って！」

「そ、そう……？」

ここまで言ってしまった以上、命令しないわけにはいかない。

でも、欲望に忠実すぎるのはダメだ。

できるだけ、自然な内容で……。

「じゃあ、命令するけど、いい？」

「どうぞ」

「……マッサージ、して。全身ね」

これしか、思い浮かばなかった。

でも、自然な内容だ。

気持ち良い思いができるし、無駄にならない。

「そんなんでいいのか？」

しかし一颯君は拍子抜けしたような表情だ。

どうやら、気にくわないみたいだ。

確かに〝何でもする〟と言っておいて、マッサージじゃ、〝肩叩き券〟と大差ないけど……。

「肩だけじゃなくて、全身だから。……それに他にも用途はあるし」

「ふーん。まあ、お前がそれでいいならいいけど」

一颯君は小さく肩を竦《すく》めながら言った。

何だか、腹が立ってきた。

……よし、揶揄《からか》ってやろう。

ちょっとした悪戯《いたずら》を思いついた私は、立ち上がるとベッドに横たわった。

「ほら、早く。始めて」

「はいはい」

早くマッサージをするように促すと、一颯君は立ち上がった。

そして私の腰の上に躊躇《ちゅうちょ》なく跨《またが》る。

「じゃあ、肩からやるぞ。痛かったら、言え」

「うん。……あっ、ん!」

グッと、一颯君の親指が私の肩にめり込む。

瞬間、私は声を上げた。

すると一颯君はすぐに手の動きを止めた。

「痛かった?」

「ううん、続けて」

「そうか?」

再び一颯君は手を動かし始める。

一颯君が手を動かすたびに、私は声を上げる。

わざと、大きな声を。

できるだけ、艶《つや》っぽく。

喘《あえ》ぐみたいに。

「だ、大丈夫か?」

一颯君は不安そうに、再度尋ねてきた。

狙《ねら》い通り、動揺しているみたいだ。

「んっ……だ、大丈夫。続けて」

その後も私はあえて、艶っぽい声で喘ぎ続けた。

一颯君を揶揄うためだ。

さすがの一颯君も、こんなことされたら興奮するだろう。

動揺する一颯君を、揶揄ってやる。

そういう作戦だった。

……はずなんだけど。

「とりあえず、全身、終わったけど。どうする、続ける？」

「そ、そうね……」

一颯君は終始、真剣だった。

手つきがえっちになることもない。

えっちな声を出すなと、文句を言うこともない。

私がどんなに喘いでも、痛くないかどうか、心配そうな声音《こわね》で確認するだけだ。

「と、とりあえず、これでいいわ」

私はそう言って一颯君にマッサージをやめさせた。

これ以上続けると、私の方が変な気分になってしまう。

「次はどうする？　他にもあるんだろ？」

「え、えっと……そ、そうね……」

一颯君に問われ、私は思わず口籠った。

もちろん、何も考えていない。

えっちなお願いならいくらでもできるが、それを口にできるほど私に度胸はない。

「……一緒にゲーム、しない？」

「そんなことで使っていいのか？　……命令じゃなくても、ゲームで遊ぶくらい、するぞ」

「そ、そうよね」

特に新しい命令も思い浮かばなかったため、普段通り一颯君とゲームをして遊ぶことになってしまった。

そして楽しい時間はあっという間に過ぎて……。

「じゃあ、そろそろ、帰るよ」

「え⁉」

一颯君の言葉に私は思わず時計を確認した。

気付けば、時刻は二十三時になっていた。

……日付が変わるまで、夜更かしするわけには、いかないか。

私もちょっと眠いし。

「うん、じゃあ……おやすみ。また、明日」

「ああ、おやすみ」

そう言って立ち去る一颯君の背中を私は見送り……。

「……愛梨？」

「待って」

気付けば、私は一颯君の背中を摑《つか》んでいた。

そして今、〝してほしい〟と思ったことを、口にする。

「今夜は泊まって」

※

今夜は泊まって。

それが愛梨の二度目のお願いだった。

クリスマスの夜、女の子に一緒に泊まってくれと頼まれる。

……少し期待してしまう自分がいる。

相手が愛梨だと思うと、なおさらだ。

「あ、あの……一颯君」

「なんだ？」

「別に深い意味は、ないから」

部屋に戻って早々、愛梨はそんなことを言い出した。

ベッドの上に腰を掛け、赤らんだ顔でモジモジしながら俺を睨《にら》みつけてくる。

「一緒に……夜更かししようっていう、それだけだから。か、勘違い、しないでよね」

「もちろん」

そもそも避妊具など、持っていない。

そういう雰囲気になっても、そういうことはできないし、するわけにもいかない。

だからもしそういう流れになっても、強い意思で抑えようと、堪《こら》えようと心に決めていた。

……期待していないわけではなかったが。

「それで、夜更かしって何をするんだ？　ゲームの続きでもする？」

真夜中、二人で楽しめる遊びなんてゲームくらいしか思い浮かばない。

しかしつい先ほどまで散々、遊んだばかりだ。

ゲームは嫌いではないが、大好きではない。

正直、少し飽きてきている自分がいる。

「そ、そうね。え、えっと……」

愛梨は目を少しだけ泳がせた。

それから立ち上がる。

「お風呂《ふろ》、入ってくる」

「そ、そうか」

問い：夜更かしって、何をするんだ？

答え：お風呂、入ってくる。

これはつまり、そういうことなのか？

避妊具、持ってないけど……。

いや、もしかして愛梨が持ってる？

元々、クリスマスパーティーをする予定だったし。

愛梨の側が備えていてもおかしくないのか？

「一颯君……一颯君、聞いてる？」

「え？　うわっ！」

思わず口から変な声が出た。

愛梨の可愛らしい顔が目の前まで迫っていたからだ。

ふっくらした唇を前にして、心臓がドキドキしてしまった。

「えっと、大丈夫？　ボーっとしてたけど。体調悪い？　それとも眠い？」

ひとりで惚気《のろけ》ている俺を余所に、愛梨は怪訝《けげん》そうな表情を浮かべている。

どうやら本気で心配させてしまったようだ。

「大丈夫だ。……少し、考え事をしてただけだ」

「ふーん。あ、もしかして……えっちなこと？」

愛梨はニヤッと笑みを浮かべながら、俺にそう尋ねた。

いつもの愛梨の揶揄いだ。

だが……。

「……」

図星を突かれた動揺で、即答できなかった。

俺は思わず視線を泳がせる。

「ち、違う。な、何も考えてない」

「そ、そう……」

俺の反応に愛梨は何かを察してしまったらしい。

気まずそうに目を逸らした。

「それでえっと……何だっけ？　風呂に入るんじゃなかったのか？」

誤魔化しも兼ねて、俺は話を元に戻した。

俺の問いに愛梨は目を逸らしたまま、小さく頷く。

「うん……私はそのつもりだけど。えっと、一颯君は、その……どうする？」

そして髪を弄《いじ》りながら、そう問いかけてきた。

どうするって……。

普通に考えれば、「家に戻って、風呂に入ってくる」……というのが正しい回答だ。

次点で「愛梨が出たら入るよ」だろう。

しかし愛梨が求めているものは、〝正しい回答〟ではない……気がする。

「……どうしてほしい？」

だから、聞き返した。

すると愛梨は手に持っていた券に、視線を落とした。

そして何度か、迷った表情を浮かべてから……。

「別に何も。……お風呂、入ってきて」

愛梨は誤魔化すように、早口でそう言った。

※

一緒に入ろう。

そう答えるべきだったのだろうか。

俺は家に戻り、シャワーを浴びながら考えていた。

何となくだが、愛梨は俺と一緒にお風呂に入りたそうにしているように見えた。

だから俺から提案すれば、きっと愛梨は一緒に入ってくれただろう。

そして俺も……一緒に入りたかった。

好きな女の子の肌を見たい。

肌に触れたい。

そういう欲求は人並みにあるつもりだ。

だからこそ……。

「言わなくて、正解だったな」

一緒にお風呂に入ったら、きっと自分を抑えられなかった。

一線を超えてしまったかもしれない。

……それに断られたら、普通に傷つく。

愛梨が俺と一緒に入りたそうにしていたのは確実だが、気が変わる可能性はある。

それに俺の方から「一緒に入ろう」などと口にすれば、後で愛梨に何を言われるか分かったものじゃない。

そもそも愛梨の手には、俺に言うことを何でも聞かせられる券があったのだ。

それを使わなかった時点で推して測るべしだ。

冷水のシャワーで頭と体を冷やした俺は、浴室から出た。

バスタオルで体を拭き、寝間着に袖《そで》を通す。

そしてコートを羽織ってから、隣の愛梨の家へと戻る。

「戻ったよ、愛梨」

そう言いながら合鍵《あいかぎ》を使い、愛梨の家に入る。

家の中からは、僅かに水音が聞こえた。

まだシャワーを浴びている最中のようだ。

俺はリビングで愛梨を待つことにした。

しばらくして待っていると、愛梨が浴室から出て来た。

「ただいま、愛梨」

「おかえりなさい、一颯君」

愛梨は女の子らしいパジャマを着ていた。

首にはタオルを掛けている。

白い肌はほんのりと赤く上気していた。

お風呂上がりの愛梨を見るのは、久しぶりかもしれない。

「早速だけど、一颯君。お願いがあるのだけれど、いい？」

「あ、あぁ。何だ？」

早速、愛梨は券をもう一度使うらしい。

俺は少し緊張しながら愛梨のお願いを待つ。

まさか、一緒にもう一度お風呂に入ろうとかじゃ……。

「……髪の毛、乾かして」

「え？」

髪の毛を乾かす？

俺は少し拍子抜けしてしまった。

わざわざ券を使ってまで、頼むことだろうか？

「だから、髪の毛。乾かして。ついでに梳《す》いて。……嫌なの？」

愛梨は頬を膨らませた。

俺は慌てて首を左右に振る。

「まさか！　いいよ、分かった。えっと、櫛《くし》とドライヤーは……」

「これ、使って」

愛梨はそう言って俺の手に櫛とドライヤーを手渡した。

そしてコンセントに電源プラグを差し込んだ。

「えっと……」

「ソファー、座って」

「あ、はい」

愛梨に言われるままに俺はソファーに座った。

すると愛梨はそんな俺の膝《ひざ》の上に、腰を下ろした。

「早くしてよ。風邪、ひいちゃう」

呆気《あっけ》に取られていた俺を愛梨は急かした。

俺は慌ててドライヤーにスイッチを入れた。

慎重に愛梨の髪に温風を当てる。

「熱かったら、言ってくれ」

「うん」

愛梨の髪は柔らかく、サラサラとしていた。

まるで高級な布生地のような手触りだ。

俺なんかが触れていい物かと、少し心配になってしまう。

俺は美術品を扱うような気持ちで、慎重に愛梨の髪を乾かし、梳《と》かしていく。

時折、ドライヤーの風に乗ってシャンプーの香りが漂ってくる。

風に揺られ、仄かに赤く色づいた白いうなじがチラチラと覗《のぞ》く。

膝の上から愛梨の体温が、伝わってくる。

これは思ったよりも……いいな。

「どうかな？」

「……下手くそ」

俺の問いに対し、どこか笑いを堪《こら》えたような声が返って来た。

下手なのは認める。

しかしやれと命じたのは愛梨の方だ。

「悪かったな。……やめた方がいいか？」

「ごめん、ごめん、拗《す》ねないでよ。……次は前よりも上手になっていれば、それでいいから」

「次って……」

どうやら〝次〟があるらしい。

また券を使うのだろうか？

……券など使わずとも、やれと言われればやるけど。

何なら、やらせてほしい。

そう思う程度には、愛梨の髪を乾かすという行為に俺は魅力を感じていた。

「もう、いいかな」

「そうか」

愛梨の言葉を受けて、俺はドライヤーのスイッチを切った。

愛梨は自分の手で軽く髪を梳いてから、口に手を当てた。

小さく欠伸《あくび》をする。

「もう、寝ない？」

「夜更かしはいいのか？」

「あぁ……うん……でも、眠くなっちゃったから」

愛梨は頬を掻きながらそう答えた。

結局、夜更かししようというのはただの建前《たてまえ》。

一晩、俺と一緒に過ごしたかっただけのようだ。

「いいけど。……俺はどこで寝れば良い？」

最後に愛梨の家に泊まったのは、風邪をひいた時だ。

あの時は愛梨の両親が布団《ふとん》を出してくれた。

今回も布団を愛梨の部屋で敷いて寝れば良いのだろうか？

……リビングのソファーで寝ろと言われたら、少し傷つく。

「えっと……私の部屋じゃ、ダメ？　……リビングだと、暖房代がもったいないないし」

愛梨は言い訳するように、早口でそう言った。

素直じゃないその態度が可愛らしく見え、思わず口元が緩む。

「いいよ、分かった。布団はどこにある？」

「そ、そうじゃなくて……」

愛梨は不満そうに唇を尖《とが》らせた。

そしてじっと俺を睨みつけてきた。

……まさか。

「同じベッドで、いいのか？」

思わず、口にしてしまった。

そして後悔する。

これでは俺が愛梨と同じベッドで寝たがっているように聞こえてしまう。

「……その方が、暖かいでしょ」

しかし愛梨は拗ねた表情を浮かべながらも、小さく頷いた。

否定するわけでもなく、俺を揶揄うわけでもなく、肯定したのだ。

いつになく、素直だ。

「同じベッドじゃ……嫌？」

上目遣《うわめづか》いでそう尋ねられる。

相手が素直な気持ちを口にしてくれているのに、俺の方が嘘《うそ》をつくわけにはいかない。

「嫌じゃない。愛梨が良いなら……同じベッドで、寝かせてくれ」

「なら、一緒に寝ましょう」

こうして同じベッドで寝ることになった。

寝ることになってしまった。

※

灯《あか》りを消して、からしばらく。

「ねぇ、一颯君」

「……何だよ」

暗闇《くらやみ》の中から聞こえる声に俺は答えた。

その声音は寂《さび》しそうにも聞こえた。

「遠くない？」

「いや、それは……」

確かに俺は愛梨から距離を取り、背中を向けて寝ていた。

一緒に寝ようと誘ったのは愛梨だから、近づいても怒られないことは分かっている。

近づいたところで、ちゃんと気を付けていれば間違いが起こることがないことも分かっている。

ただ、何となく、照れくさかった。

「近づいてくれないと、添い寝の意味、ないじゃん。せめて、こっち見てよ」

「……そうだな」

俺は寝返りを打ち、愛梨の方へと顔を向けた。

まだ灯りに目が慣れていないため、何も見えない。

しかしふんわりと香るシャンプーの匂《にお》いから、愛梨がとても近くにいることが分かった。

「もっと、そっちに行って良い？」

そんな声が聞こえた。

そして答えるよりも先に、温かい体温と柔らかい感触が伝わってきた。

甘い香りが強まる。

「お、おい！　まだいいって……」

「何？　照れてるの？」

クスッと笑うような声が聞こえた。

俺は思わず口を閉じる。

照れているわけではない。

……と主張すると、本当に照れているように聞こえてしまう。

「いや、その、未婚の男女が同じベッドというのは……」

口籠りながら俺が常識論を説くと、愛梨の笑い声が暗闇に響いた。

「今更？」

「うっ……」

　確かに今更な話だ。

「幼馴染なんだし、別にいいでしょ」

　愛梨の吐息が唇を擽《くすぐ》った。

　背筋がゾクゾクする。

「そう、だな」

　俺は身動ぎしながら、愛梨との距離を少し詰める。

　愛梨も体を動かし、距離を詰めてきた。

　体と体がピッタリと、重なり合う。

　互いの体温でじんわりと体が温かくなる。

「一颯君」

　薄暗い闇《やみ》のなか。

　妖精《ようせい》のように可憐な容姿の幼馴染が微笑んだのが見えた。

「おやすみ」

　こつん、と愛梨は俺の額に自分の額を合わせてきた。

「おやすみ」

　囁《ささや》くようにそう伝え、目を瞑《つぶ》った。

※

「愛梨！　ただいま!!　……起きてる？　愛梨⁉」

「うん……」

そんな声が聞こえてきて、俺は目を覚ました。

俺の名前は愛梨ちゃんではないのだが……。

「んっ……」

隣で呻《うめ》くような声が聞こえた。

声のする方を見ると、そこには金髪の可愛らしい女の子がいた。

「ふぁぁ……おはよう、一颯君……」

「あぁ、おはよう。愛梨」

もぞもぞとベッドから起き上がり、眠そうに目を擦《こす》っている。

普段は綺麗《きれい》に整えられている髪が、あちらこちらに跳ねていた。

珍しい光景だ。

どうして愛梨が俺のベッドに……と一瞬混乱してから、すぐに思い出す。

ここは愛梨の家、愛梨の部屋だ。

なるほど、ということはこの声は愛梨の母親の声か。

朝になって帰って来たのだろう。

そして愛梨がまだ起きていないことに気付き、部屋の前まで来たわけだ。

……うん？

俺と愛梨は揃って目を見開き、部屋のドアの方へ顔を向けた。

「愛梨？　開けるわよ！」

「だ、ダメ!!」

愛梨が叫ぶ。

が、しかしすでに愛梨の母が、ドアを開けた後だった。

「……一颯君？」

「あ、あの、こ、これは……」

「お、おはよう、ございます」

もう誤魔化せないと思った俺は、愛梨の母親に何食わぬ顔で、頭を下げた。

愛梨の母も、神妙な顔で頭を下げる。

「う、うん……おはよう。一颯君。えっと……」

愛梨の母は目を泳がせた。

さすがに、怒られるか。

俺が身構えていると、愛梨の母は笑顔を浮かべた。

「昨晩はお楽しみだったみたいね！」

そう言ってドアを閉めた。

それと同時に愛梨がベッドから駆け出した。

「ま、待って！　ママ、違うの！　そういうのじゃなくて……」

「大丈夫、大丈夫。分かってるから」

「絶対、分かってないでしょ！　その顔!!」

愛梨と愛梨の母が、ドアの前で喧嘩《けんか》を始めた。

き、気まずいなぁ……。

「えっと……その、俺、帰りますね」

「待って」

その場から逃げようとするが、その前に愛梨に襟首《えりくび》を摑まれてしまう。

「一颯君も説明して！」

このまま逃げるのは……不誠実に見えて、印象も悪いか。

俺は愛梨の母に向き直った。

「あぁ……うん、その……ですね。我々は決して不健全なことをしていたわけではなく、その、……愛梨に一緒に寝てほしいと言われたので、添い寝をしていただけです」

「ちょっと、その言い方！　まるで私から言ったみたいじゃない！」

「いや、言い出したのはお前だろ。泊まっていけって言ったのもお前だし」

「そ、そう……だけど、そうじゃないでしょ！　一颯君も寝たいって、言ったじゃん！」

「寝たいとは言ってないだろ！」

「言いました！」

「言ってない」

「言ったもん！」

「言ってねぇ！」

「ところで一颯君。せっかくだし、朝ごはん、食べる？」

俺と愛梨が言い争いをしていると、愛梨の母が横から口を挟んできた。

せっかくの申し出だが、今はそれどころじゃない。

「「今は黙ってて！（ください！）」」

俺と愛梨は揃って声を張り上げた。

第二章 ＊ スキスキおねだり編 ＊

「ねぇー、いーくん」

科《しな》を作りながら、幼馴染が俺《おれ》との距離を詰めてきた。

気が付くと、腕が絡《から》めとられている。

「なんだよ」

「いーくんのステーキ、ちょうだい?」

「嫌だよ。自分で取って来いよ」

「いーくんのがいいの!」

幼馴染はほんのりと赤らんだ頰《ほお》を、ぷくりと膨らませた。

そして俺の袖《そで》を何度も引っ張り、駄々を捏《こ》ねる。

思わず保護者たちの方を見るが、彼らはこちらをニヤニヤと笑みを浮かべながら眺めているだけだ。

役に立ちそうもない。

「あー、はいはい。分かったよ」

「わーい!」

俺が承諾すると、幼馴染は満面の笑みを浮かべた。

そして口を大きく開ける。

「あーん」

「いや、自分で……」

「あーん」

餌を求める雛鳥のように、幼馴染は口を大きく開けた。

俺は思わずため息をつく。

そして幼馴染の口の中にステーキを運んだ。

※

元日、早朝。

俺──風見一颯《かざみいぶき》は隣の神代《かみしろ》家に訪れていた。

「一颯君、これはお年玉だ」

「ありがとうございます」

愛梨《あいり》の父から受け取った封筒を、俺は懐《ふところ》に仕舞う。

これでようやく、手元に最低限の現金がある形になった。

あとは愛梨から借金を回収すれば、ホワイトデーや誕生日は万全だろう。

二度も肩叩き券を贈るわけにはいかない。

「勉強の方は、順調かね」

「はい、順調です」

愛梨の父は、なぜか会うたびに勉強のことを聞いてくる。

いや、理由は分かっているのだ。

彼は俺に愛梨と結婚して、病院を継いでほしいと思っている。

俺じゃなくて愛梨に期待しろと言いたいところだが……。

愛梨の方は文転するつもりのようなので、そうはいかない。

俺に掛かる期待も倍増といったところだろう。

何だか気が重い。

「ところで……一颯君。愛梨との関係は、どうかな？」

遠慮がちに、しかし直球で聞いてきた。

口元は笑っているが、目が笑っていない。下手な答え方をしたら、怒られそうだ。

「今までと、大きく変わりませんよ」

「そうかい？　……クリスマスは、随分と親密な様子だったが？」

クリスマスのことを、蒸し返されてしまった。

あの時は大変だった……。

流れで神代家で朝食を食べてしまったのが、良くなかった。

愛梨の父が、思ったよりもピリピリしていたのだ。

何も言わなかったが、何か言いたそうにしていた。

許してくれたのは、きっと俺が愛梨と結婚して家を継いでくれると思っているからだ。

これがもしどこの馬の骨か分からない男だったら、怒鳴り散らしていたに違いない。

「あれは、その、親密だったことは否定しませんが、不健全なことはしていませんからね？添い寝してただけですから」

「別に不健全なことをしていたんじゃないかとは、一言も言ってはいないよ」

まるで図星を指したかのような言い方だ。

もちろん、図星でも何でもない。

「まあ、私も若い頃はヤンチャをしたし、するなとは言えないが……」

「本当にしてませんから」

「最低限の節度は、守ってほしい。一颯君なら、言わなくとも分かっているとは思うけど。……避妊はしっかり、してくれよ？」

聞く耳を持たない。

何を言っても信じてもらえなさそうなので、「当然です」と俺は頷《うなず》くことにした。

俺の回答に愛梨の父は満足したらしい。

表情が穏やかになった。

と、その時。

「ごめん、一颯君。遅くなっちゃって」

愛梨がリビングにやって来た。

初詣に行くだけなのに、準備に時間を掛けすぎじゃないか?

その疑問は、愛梨の姿を見てすぐに解けた。

「あけましておめでとう、一颯君」

はにかんだ表情でそう言った幼馴染は、美しい振袖《ふりそで》を着ていた。

紅白を基調とした、今風の華やかなデザインだ。

美しい金髪は後ろで結い上げ、簪《かんざし》で纏《まと》められている。

そりゃあ、時間も掛かるだろう。

「一颯君?」

「あ、あぁ……えっと、あけまして、おめでとう。愛梨」

見惚《みほ》れていたせいで、反応が遅《か》れてしまった。

俺は少し熱くなった頬を掻く。

「似合っているよ。……綺麗《きれい》だね」

月並みな言葉しか、言えなかった。

しかし、気持ちはちゃんと伝わったらしい。

「ありがとう」

愛梨は嬉《うれ》しそうに笑った。

※

その後、記念撮影をしてから俺たちは家を出た。

行き先は市内で一番規模の大きい神社だ。

電車で十分、そこから徒歩で十分ほど掛かる。

「ごめんね、一颯君。……お父さん、うるさかったでしょ？」

道中、唐突に愛梨に謝られた。

普段からお世話になっていて、ついさっきお年玉をくれたばかりの相手を「うるさかった」とは肯定し辛《づら》い。

「あぁ……うん、まあ、当然の心配だと思うけど」

「でも、しつこすぎでしょ？　ねぇ、聞いてよ！」

そこから愛梨の愚痴が始まった。

どうやら、クリスマスの後に両親から根掘り葉掘り聞かれたらしい。

特に父親からは、「ちゃんと避妊したか?」としつこく確認されたようだ。

「年頃の娘に、そこまで聞く?　無神経すぎるでしょ!」

「あぁ、うん……それだけ心配で、お前のことを大切に思ってるんだよ」

「だったら、私のこと、信用してほしいんだけど!　そもそも、一緒に寝ただけで何もしてないし。ずっと、そう言っているのに……」

俺に言うなよ。

と、言いたいところだが気持ちは分かる。

先ほど、愛梨の父親に詰められたばかりだし。

「うちの親も、そんな感じだったよ」

「……何?　あの人たち、一颯君のご両親にも話したの?」

「いや……そうじゃないと思うけど、クリスマスに朝帰りしたら、まあ……」

女の子の家にクリスマスパーティーへ赴いた息子が、朝に帰って来たら……そりゃあ、そういうことをしたんだろうと思うだろう。

愛梨も納得したのか、複雑そうな表情を浮かべた。

「あぁ、うん、そうね……迂闊《うかつ》、だったわね」

「疑われないように、お互い、気を付けよう」

「そうね……」

愛梨は少し寂《さび》しそうな表情で頷いた。

そんな顔をされると「もしかしてもう一度添い寝してほしいのか？」などと、いろいろ妄想してしまう。

「ところで、愛梨。どうして振袖を？」

毎年、愛梨と一緒に初詣には行っているが、去年までは洋服だった。

どういう気の変わりようなのか、少し気になる。

「別にいいじゃない。……着たかったから」

俺の問いに愛梨は顔を背《そむ》けながら言った。

その頬は仄《ほの》かに赤く染まっている。

照れてる？　いや、拗《す》ねてる？

「……変だった？」

「まさか。さっきも言ったけど、似合ってるよ。綺麗だし、その、可愛《かわい》い」

「ふーん、そう」

先ほどと同じような感想だが、それでも愛梨は嬉しかったらしい。

そっけない態度の割には、機嫌が良さそうに感じた。

「でも、事前に言ってほしかったかな」

「そう？　どうして？」

「言ってくれれば、俺も和服にしたよ」

振袖の女の子の隣を歩くのに、いつもと同じような洋服は不釣り合いな気がする。

特に愛梨は飛び切りの美少女なので、なおさらだ。

「なるほど。……じゃあ、来年は一緒に和服にしましょう」

俺の言葉に愛梨は嬉しそうに微笑んだ。

そんな話をしているうちに、駅に到着した。

いつも通り、階段を上る。

しかし……。

「あっ……！」

「大丈夫か？」

階段でよろけた愛梨を、俺は慌てて抱き留めた。

ふんわりと甘い香水の香りが漂ってくる。

「え、ええ……ごめんなさい」

幸いにも怪我《けが》はなかったようで、愛梨はすぐに体勢を立て直した。

俺はそんな愛梨の足元に視線を向ける。

振袖に合わせて、愛梨は足袋《たび》と草履を履《は》いていた。

これでは歩きにくいだろう。

……仕方がない。

「愛梨、手、出せ」

「え？」

「手、握ってやる」

俺は手を差し出しながら、そう言った。

また、転ばれたら困る。

手を繋《つな》いでいた方が安全だし、歩幅も合わせやすい。

……別に手を握りたいわけでは、ない。

断じて。

「そ、そう。……ありがとう」

愛梨はいつになく素直な態度で、俺の手を握った。

手袋越しに、じんわりと体温が伝わってくる。

「じゃあ、行こう」

「……うん」

俺たちは手を繋いだまま、電車に乗り込んだ。

※

電車を降りて、歩くこと十分ほど。
目的の神社に到着した。
元旦の早朝ということもあり、神社は人でごった返している。
とはいえ、げんなりするほどではない。
あまりに人が少ないとお祭り気分になれないので、このくらいがちょうどいいだろう。
「先に参拝を済ませるか」
「そうね」
しかし何を願おうか。
無難なのは「志望校に合格しますように」だが、受験は今年ではなく来年だ。
それにわざわざ願うことではない気もする。
……正直、神頼みをしなくとも合格する自信がある。
愛梨は何を願うのだろうか？
参考に……いや、そうか。
愛梨、か。

――愛梨に勝てますように。この隣にいる生意気な幼馴染に、恋人にしてくださいと言わせられますように。

完璧《かんぺき》だな。

参拝を済ませた俺は自画自賛した。

「……一颯君、何、ニヤニヤしてるの？　気持ち悪い。変なことでも願ったの？」

「いや、別に。そういうお前は、何か願ったのか？」

「文転が上手《うま》くいきますように」とか、そんな感じだろうか？

俺が思っていると、愛梨は微笑んだ。

「内緒」

「そうか」

俺も愛梨に言えるような内容じゃないし、深掘りはできない。

それから俺たちはすぐ側《そば》の売店で売られていた、おみくじを買うことにした。

結果は……ふーん。

「……一颯君、どうだった？」

「小吉」

「なになに、えっと……もっと素直な気持ちを相手に伝えましょう、か。へぇー、もっと素直になったら？」

「勝手に読むなよ」

俺は慌てておみくじを隠した。

一方の愛梨はニヤニヤと笑みを浮かべている。得意気な顔だ。

……偶然とはいえ、ドンピシャな内容に当たってしまった。

「そういうお前は、どうだったんだ?」

「あー、うん、えっと……」

「俺も見せたんだから、お前も見せろよ」

「……はい。末吉」

愛梨は渋々という表情でおみくじを見せてきた。

人のことを揶揄《からか》ってきたくせに、お前の方が悪いじゃないか。

えっと、恋愛運は……。

恋敵に負けたくなければ、きちんと気持ちを相手に伝えましょう。機を逃すと、取り返しがつかなくなります。

……この神社のおみくじの文面、妙に具体性があるな。

愛梨に恋敵なんていないし、外れてるけど。

いや、実質、俺が敵みたいなものか?

「もう、いいでしょ!」

愛梨はそう言って鼻を鳴らすと、おみくじを閉じてしまった。

恋敵でもいるの？

と、揶揄ってやろうと思ったが、不機嫌そうなのでやめる。

「……後でお守り、買おうかな」

ぽつりと愛梨は呟《つぶや》いた。

どうやらおみくじの内容を気にしているらしい。

「そんなに気にするなよ」

「気にしてないし」

二人で言い合いながら、境内のおみくじ掛けにおみくじを結び付けた。

これで初詣は終わりだが……。

本番はここからだ。

「何、食べようか？」

「とりあえず、温かいのが良いかな。……甘酒なんてどう？」

「いいね」

早速、目に着いた屋台で俺たちは甘酒を購入した。

二人で一カップだ。

「熱……一颯君、冷まして」

「はいはい」

俺は何度か、甘酒に息を吹きかける。

立ち上る蒸気が少なくなったあたりで、唇をカップにつけた。

慎重に一口、飲む。

「……イケそうだ。ほら」

「ありがとう」

愛梨は俺から甘酒の入ったカップを受け取った。

そして飲み口が被《かぶ》らないように、少しだけカップを回して、唇をつけた。

「温かい……」

愛梨はホッと息をついてから、さらに二、三口、甘酒を飲む。

四口目を飲んだところで、俺は待ったをかけた。

「俺の分も残せよ」

「あぁー、うん。……じゃあ、残り、全部あげるね」

再度、愛梨からカップを受け取った。

もうすでに甘酒はほとんど、残っていなかった。


こいつ……。

俺は温《ぬる》くなり始めた甘酒を飲み干してから、カップを近くのゴミ箱に捨てた。

「次、何食べるか、一颯君が決めて」

「うーん、そうだなぁ」

何が良いだろうかと適当に屋台を眺めていると、鉢巻きを巻いたタコの看板が目についた。

タコ焼きだ。

「タコ焼きにしようかな」

「無難だね」

「嫌なら、別のにするけど」

「ううん。私も食べたい」

特に文句はないようなので、タコ焼きを購入する。

ソースでふにゃふにゃになっている、良くも悪くも普通の屋台のタコ焼きだ。

息を吹きかけ、冷ましてから口に入れる。

意外とタコが大きい。

「ねぇ、一颯君。私もちょうだい」

「あぁ、うん？」

何してるんだ。

そう、言いかけた。

というのも、愛梨が口を大きく開けて待機していたからだ。

「……火傷《やけど》しても、知らないぞ」

「ふーふーして」

「忠告はしたぞ」

タコ焼きに息を吹きかけ、冷ます。

自分で食べる時よりも念入りに冷ましてから、愛梨の口元に運んだ。

「はふっ……ん、あふぃ」

愛梨は目を白黒させた。

そして口元を手で押さえながら、ゆっくりと咀嚼《そしゃく》する。

「美味《おい》しかった」

「それは良かった」

俺はもう一つ、タコ焼きを箸で摘《つま》み、口に入れる。

ちょうど良い、温かさになっていた。

そして食べてから気付く。

これ、間接キスだ。

……いや、別にどうということはないけど。

愛梨と間接キスするなんて、今に始まったことじゃないし。

何なら、直接キスだってしてるし。

「一颯君、私も」

愛梨はそう言って手を差し出してきた。

やはりさっきのは熱かったのか、今度は自分で食べるようだ。

「タコ、結構、大きいね」

愛梨は目を細めながら、タコ焼きを味わう。

続いてもう一つ、箸で摘んだ。

全部食うなよ。

そう、忠告しようとした時。

「はい、一颯君」

「えっと？」

「あーん」

口を開けて食えと言わんばかりに、愛梨はタコ焼きを俺の口元に近づけてきた。

正直、タコ焼きは自分で食べたいのだが……。

このままではタコ焼きとキスする羽目になる。

俺は観念し、口を開けた。

「どう、美味しい？」

「ああ、うん。美味しいよ」

「さっきと比べて、どう？」

どうも何も、同じ味だ。

とはいえ、そう正直に答えるほどムードが分からない人間ではない。

「さっきより、美味しい」

「えー、気持ち悪」

「お前なぁ……」

俺が睨《にら》むと、愛梨はケラケラと楽しそうに笑った。

……愛梨が楽しいなら、いいか。

それからいろいろと食べ歩き、良い感じにお腹《なか》がいっぱいになった。

「そろそろ、帰ろうか」

「そうね。……あ、ちょっと待ってて」

一緒に帰ろうと手を握ろうとするが、空振りしてしまう。

少し悲しい。

「どうした？」

「……お花を摘みに」

愛梨はそう言うと、その場から立ち去ってしまった。

……そっちにトイレなんか、あったっけ？

携帯を弄《いじ》りながら愛梨を待っていると……。

「あ、風見さん。あけまして、おめでとうございます」

声を掛けられた。

顔を上げると、振袖を着た可愛らしい女の子が立っていた。

一瞬、誰《だれ》だか分からなかったが……。

「うん？　あぁ……葉月《はづき》か。新年、おめでとう」

愛梨と共通の友人、葉月陽菜《ひな》だった。

愛梨といい、葉月といい、振袖が流行っているのだろうか。

「似合ってるな、その振袖。いつもより、大人っぽく見える」

深い緑色を基調とした、落ち着いたデザインだ。

明るい印象の葉月が着ると、いい意味でギャップがある。

「え？　あぁ……ありがとうございます」

葉月は照れくさそうに髪を弄った。

あまり見ない表情だ。

「葉月は一人で来たのか？」

「いえ、家族と一緒に。今は別行動中ですが」

葉月はそう言ってから、辺りをキョロキョロと見渡した。

「風見さんは……えっと、もしかして、お一人、ですか？」

「あれ？　陽菜ちゃん？」

気付くと葉月の後ろに愛梨が立っていた。

葉月は驚いた様子でビクッと肩を震わせてから、ゆっくりと振り返る。

「……あけましておめでとうございます。愛梨さん」

「うん、おめでとう。陽菜ちゃんも初詣？　一人？」

「いえ、家族と。愛梨さんは……」

「一颯君と、二人で」

「そうですか。今日もお熱いですね」

「……別にそんなんじゃないから」

「またまた、そんなこと言って」

俺を放っておいて、二人は仲良く話し始めた。

……女二人に挟まれた男なんて、そんなものだ。

「ところで、何の話、してたの？」

「別に何も。お会いしたので、挨拶《あいさつ》しただけです」

「ふーん」

「お二人はこれからですか？」

「ううん、これから帰るところ」

「そうでしたか。それは残念……では、また学校で」

「ええ、学校で」

立ち去る葉月に、愛梨は手を振った。

葉月が立ち去ってから、愛梨は俺に向き直った。

「で、何の話をしてたの？」

「挨拶しただけだよ」

さっき、葉月がそう言ったばかりだろうに。

「本当？　話し込んでたように見えたけど？」

「話し込んではいないけど……世間話はしたかな」

「ふーん、どんな話？」

「どんなって……」

あけましておめでとう。

そう言ってから何の話をしたっけか……。

「振袖、似合ってるって……そういう話はしたかな」

「ふーん、そう。まあ、確かに似合ってたね」

「振袖、流行ってんの？」

「そういうわけじゃないと思うけど……」

愛梨は僅《わず》かに考えるような素振りを見せてから、首を大きく左右に振った。

「そうだ、一颯君。……これ、プレゼント」

「うん？」

愛梨に差し出されたものを、俺は受け取る。

それは赤色のお守りだった。

恋愛成就、と書かれている。

「童貞の一颯君にも、素敵な恋人ができますようにって、願い、込めておいたから」

愛梨は顔を背けながらそう言った。

そして俺の顔色を窺うように、チラチラと視線だけを送ってくる。

……リアクションに困るな。

「あ、あぁ……そう。ありがとう」

早く、私に告白しろ！

そう言いたいのだろうか？

愛梨にしては、しおらしいアピールだ。

もっとも、実際に告白したら「えー、そんなに私と恋人になりたいの？　どうしよっかなぁー」などと調子に乗るのは目に見えている。

それは最後の手段だ。

「お前は買わなくて良かったのか？」

「別に私は要らないから」

愛梨は目を泳がせながら、ポケットに手を入れた。

……これは買ってるな。

「じゃあ、帰ろう」

「うん」

あらためて、二人で手を繋ぎながら帰る。

「あ、そうだ。一颯君」

「なんだ？」

「私と陽菜ちゃん、どっちが……」

愛梨はそこまで言いかけ、口を噤《つぐ》んだ。

「どっちが、何だ？」

「……ううん、何でもない」

愛梨はそう言って首を左右に振った。

※

一月三日。

「ん！　甘くて美味しい！」

「お前、いきなりデザートからかよ……」

俺と愛梨は高級ホテルのレストランで、一緒に食事をしていた。

俺と愛梨だけでなく、それぞれの両親もいる。

風見家と神代家、合同の新年会だ。

今年も例年と同じ場所で行われた。

父親は父親、母親は母親同士、子供を放って楽しそうに話し込んでいる。

……話しかけられても面倒なので、別に構わないのだが。

「良いじゃない。ビュッフェなんだし、好きな物から食べて」

俺の苦言に愛梨は唇を尖《とが》らせた。

確かに何をどういう順番で食べようと愛梨の勝手ではあるのだが、しかしいきなり山盛りのスイーツを食べ始めたら、ツッコミの一つや二つ、入れたくなる。

「そういう一颯君は真面目《まじめ》すぎない？　せっかくのビュッフェで、サラダ食べる？　もっと他に食べるものがあるでしょ。お肉とかスイーツとかお魚とかスイーツとか」

「最初にサラダを入れた方が、血糖値が上がり辛いんだぞ」

物事には順番とバランスがある。

ビュッフェとはいえ、サラダ、スープ、魚料理……という順番で食べたい。

もちろん、デザートは最後だ。

「私、一颯君のそういうところ、嫌い」

「そうか。気が合わなくてすまないな」

愛梨と言い合っていると、「今日も仲が良いわねぇ」と茶々が入った。

俺の母親だ。

顔が赤くなっているところから、既に酒が回り始めているようだ。

「私、本当は娘が欲しかったの。だから愛梨ちゃんみたいに、可愛い女の子が、私の娘になってくれたら、嬉しいわぁ」

実の息子がいる前でなんてことを言うんだ、このおばさんは……。

「ダメだぁ！　やらんぞ、うちの娘は！」

すると、突然、大声が上がった。

同時に愛梨が嫌そうな顔をした。

「いくら、一颯君といえども、娘はやらん！　だから、うちの息子になれ‼」

愛梨の父親は、酷《ひど》い酔い方をしていた。

酒、弱いの分かってるのにどうして飲むんだ……。

「お父さん、黙って。お願いだから」

愛梨が低い声を出した。

今にも怒鳴り出しそうな勢いだ。

「落ち着け、愛梨。……酔っ払いの言っていることを、真に受けるな。料理、取りに行こう」

「……そうね。それもそうだわ」

愛梨は小さくため息をついた。

そして自分の父親を睨みつけてから、立ち上がる。

二人で料理を取りに向かうと、後ろから声が聞こえてきた。

「ママ……愛梨が冷たい……昔は、パパのお嫁さんになるって、言ってくれたのに……」

「恋人の前で父親が醜態を晒《さら》したら、冷たくもなるでしょ。思春期だし」

愛梨にも、その声は聞こえたらしい。

足が止まった。

俺はそんな愛梨の背中に手を回し、強引《ごういん》に押し出すようにその場から離れる。

「ねぇ、一颯君。あれ、本当になんとか、ならないかな？」

「あの様子だと、すぐに酔いつぶれるだろ。放っておけよ」

俺はそう言いながら愛梨の皿の上にスイーツをのせた。

※

俺の予想通り、愛梨の父親はあっという間に酔いつぶれた。

そして俺の母親も、先ほどまでのハイテンションはどこへやら、うとうとし始めている。

保護者四人のうち、二人が酒にのまれたわけだが……。

「それにしても、学校をサボって遊園地デートなんて、ロマンティックだわ。愛梨が羨《うらや》ましい。うちの主人とは大違い。さすが、一颯君ですね」

「ふふ、まあ、俺に似て、イケメンに育ちましたからね。自慢の息子ですよ」

愛梨の母親と、俺の父親は、楽しそうに談笑していた。

二人ともこの後、車を運転する予定があるため、酒を飲んでいない。

しかし学校をサボったことを褒《ほ》めるのは、保護者としてどうなんだ？

いや、俺が言うのもおかしな話だけど。

「私がもう少し若かったら、一颯君と結婚したかったわ」

愛梨の母親が頭のおかしなことを言い始める。

この人、本当に酒飲んでないのか？

「何言ってるの！　ママ‼」

　案の定、愛梨が反発した。

　愛梨は真《ま》っ赤《か》な顔で自分の母親を睨みつけた。

　そして俺に抱き着いた。

　……うん？

「いーくんは、あいりの！」

「おい、愛梨。お前、急に何を……」

「いーくんは、あいりと結婚するの！」

　愛梨の様子が、おかしい。

　言動がおかしいのもあるが、その顔色もよく見るとおかしかった。

　妙に顔が赤いし、目も潤んでいる。

　そして口からは僅かにアルコールの香りがした。

「お前、まさか、ジュースと間違えて……」

「ママにはあげない！」

　愛梨はベーッと、自分の母親に舌を出した。

　一方、舌を出された愛梨の母親は困惑顔だ。

　酔っぱらった娘の言動自体は面白《おもしろ》いが、しかし酔っぱらっているのは心配だし、何よりうっかりとはいえ未成年飲酒は不味《まず》い。

　これ、どうしよう。

　そんな顔をしている。

「ねぇー、いーくん」

「なんだよ」

「いーくんのステーキ、ちょうだい？」

「嫌だよ。自分で取って来いよ」

「いーくんのがいいの！」

　さっきから、言動が幼い気がする。

　どうやら愛梨は酔っぱらうと、赤ちゃん返りするタイプのようだ。

　……言葉遣いが幼く、素直になっているだけで、言っている内容は変わらないが。

「あー、はいはい。分かったよ」

「わーい！」

「あーん」

　愛梨は大きく口を開けた。

　食わせろということらしい。

　愛梨にこういうことをしたことがないわけではないが、しかし今は親の前だ。

正直、したくない。

「いや、自分で……」

「あーん」

しかし酔っぱらい、恥も外聞もかなぐり捨てた愛梨は無敵だ。

口を開けて俺に迫ってくる。

仕方がないので、俺は愛梨の口にステーキを放り込んだ。

「おいしい！」

「ああ、そう、良かったな」

「ねぇ、いーくん」

「なんだよ。……お代わりはないぞ？」

俺の言葉など聞こえていないのか、愛梨は上目遣《うわめづか》いでこちらを見つめる。

そしてその艶《つや》やかな唇を動かした。

「キス、して？」

「は？」

こいつ、何を急に！

「キスして、いーくん！」

「な、お、お前、バカ……親の前で、何を！」

「バカじゃないもん！　ねぇ、して？　いいでしょ？」

「よくない！　こ、こんなところで、できるわけ……」

「前はしてくれたじゃん！」

「離れろ、よせ、おい！」

縋《すが》ってくる愛梨を、どうにか引き剝《は》がそうとする。

しかし意外と力が強い。

本気で力を込めれば引き剝がせるかもしれないが、怪我をさせるわけにもいかない。

「ねぇ、いーくん」

「ちょっと、待っ……」

「しゅき」

愛梨の言葉に、思わず力が緩む。

同時に頰に柔らかい物が触れる。

「いーくん、しゅきぃ……」

そう言って愛梨は俺に体重を預けてきた。

意外と重い。

「おい、愛梨。……愛梨？」

しかし様子がおかしい。

ついさっきまで強い力で抱き着いてきていたのに、今はまるで力が抜けてしまったようだ。

俺は慎重に愛梨を引き剝がし、揺《ゆ》する。

「ん……しゅきぃ……」

目を閉じながら、愛梨はそう呟いた。

寝言だ。

……寝落ち、しやがった。

「一颯君、前もしたって……どこで？　どんな風にしたの？」

「詳しく聞かせてくれ、一颯」

「あー、いや、その……」

俺は一人で、保護者たちに説明する羽目になった。

……覚えてろよ。

第三章＊いちゃいちゃダイエット編＊

「ねえ、お願い」

頬《ほお》を仄《ほの》かに赤らめた幼馴染は、上目遣《うわめづか》いで俺《おれ》にそうねだった。

普段は出すことはない、甘え声に俺の理性が溶けていく。

「もっと、ちょうだい」

まだまだ欲求不満らしい。

金髪碧眼の妖精《ようせい》は、艶《つや》っぽい唇を突き出した。

「一颯《いぶき》君、早く。ちょうだい」

桃色の舌をチラチラと覗《のぞ》かせながら、幼馴染は俺を急かした。

※

「あぁ……やらかしたぁ……」

お正月が明けてから、数日が経過した、ある日。

私はお風呂《ふろ》の中で、一人落ち込んでいた。

「酔っぱらってたとはいえ、あんなこと、言っちゃうなんて……」

一月三日。

一颯君と、家族と一緒に食事をした時、私はうっかりアルコールの入った飲み物を飲んでしまった。

そのせいでふわふわした気分になり、変なことを言ってしまった。

具体的には覚えていないが、一颯君に「好き。キスをして」と言ってしまったのだ。

ママや一颯君のパパに聞かれたのも最悪だ。

「幸いにも、一颯君は何も言ってこないけど……」

いや、これは幸いなのだろうか?

だって、もし私だったら……「あの時のことだけど、そんなに私のことが好きだったら、付き合ってあげようか?」と、一颯君に切り出す。

酔っぱらっていようが、何だろうか、「好き」と口にしたのだ。

告白されたと解釈するし、それで強引《ごういん》に押し通せる。

でも、一颯君はそうしない。

もしかして、一颯君は私と恋人になりたくないんじゃ……。

「ないない。それは絶対、ない」

私は自分に言い聞かせるように、脳裏を過《よぎ》った懸念を否定する。

だって、私はこんなに可愛《かわい》い女の子だ。

胸だって大きい。

一方、お腹《なか》はスマートに引き締まってて……うん？

私は自分のお腹を軽く摩《さす》った。

違和感があった。

……まさか、ね。

「ないない、それは絶対、ない」

私は自分に言い聞かせるように、脳裏を過った懸念を否定する。

そして落ち着きながら、お風呂から上がり、手早く体をタオルで拭く。

水気をしっかりと拭き取る。

そして脱衣所の体重計に乗った。

※

「というわけで、一颯君。ダイエット、付き合って」

「嫌だ」

どうやら俺――風見《かざみ》一颯の幼馴染、神代愛梨《かみしろあいり》は正月太りをしたらしい。

ビュッフェではスイーツばかり食べていたし、それ以外にも食っちゃ寝していたのだろう。

自業自得だ。

俺が付き合う義理はない。

「どうして！」

「いや、俺が付き合う意味がないだろ……お前と違って、太ってないんだぞ」

もっとも、普段から体重を量っているわけではないので太っているかどうかなんて、分からないのだが。

特に気になっていない。

仮に増えたとしても、その分、縦に伸びていればいい。

「太ってないもん！」

「じゃあ、ダイエットしなくていいじゃないか」

「……太ってないけど、体重は、ちょっと、増えたの」

「それを太ったって言うんじゃ……痛い、叩《たた》くな！」

「ふん！」

愛梨は小さく鼻を鳴らすと、拗《す》ねたように頬を背《そむ》けた。

確かに言われてみると、以前より頬がふっくらとして……いや、そんなことないな。

俺の目には特に太っているようには見えない。

「成長期だし、体重くらい、増えるものじゃないか？」

「……一年前から、身長、伸びてないの」

一年前から伸びが加速している俺とは対照的だ。

愛梨は成長期が来るのが早かったが、終わるのも早かったようだ。

いや、でも……。

「身長以外の場所が……痛い、蹴《け》るな！　まだ何も言ってないだろ！」

「バカ！　ヘンタイ！　エッチ!!」

俺は慌てて脛《すね》を押さえた。

愛梨は両手を胸の前で交差させながら、不満そうな表情を浮かべる。

「これ以上、大きくなっても、困るのよ」

「そ、そうか」

確かに今でも愛梨の胸は大きい。

詳しいことは分からないが、あまり大きすぎると下着のサイズが合わなかったり、服の選択肢も減ると聞く。

それに錘《おもり》のようなものだから、やはり運動にも不便だ。

少々、いやかなり、デリカシーに欠けていたな。

「ごめん、愛梨。今のは俺が……」

「それとも、一颯君は……」

俺の謝罪に、愛梨の声が重なる。

「もっと、大きい方が好き？」

――好き。

その言葉で、数日前の記憶がフラッシュバックした。

酔っぱらった愛梨に「好き」と言われ、キスをねだられた時のことだ。

あの時の返答を、俺はまだ愛梨に伝えられていない。

機会を逸してしまったのだ。

今更言い出すのも変だし、愛梨の方もそのことに触れないから、もしかしたら覚えていないのかもしれない。

「……どうなの？」

「別に。……お前は、お前だろ」

俺は別に愛梨の胸が大きいから、顔が可愛いから、好きなわけじゃない。

一緒にいて楽しいから、好きなのだ。

胸の大きさはその楽しさには関係ない。

「ふ、ふーん。そう。答えになってないと思うけど、まあ、いいわ」

愛梨は俺の回答に納得したのか、頬を掻《か》きながらそう言った。

その顔は真《ま》っ赤《か》に染まっている。

「とりあえず、ダイエットに付き合ってくれるってことで、いいわよね？」

「いや、よくないが……」

「はい、これ」

再び拒否しようとする俺に愛梨が差し出したのは、一枚の券。

〝愛梨ちゃんの言うこと何でも聞いてあげる券〟だ。

「……分かったよ」

「ふふん」

俺が項垂《うなだ》れると、愛梨は得意気な表情を浮かべた。

「じゃあ、明日から筋トレとランニング、付き合ってね」

「はいはい」

まあ、そのくらいの運動なら普段からやっている。

愛梨は女の子だし、根性なしだから、そこまで厳しい運動はしないだろう。

ちょっと付き合うくらいなら、どうってことない。

「あと、お弁当も作ってくるから」

「はいはい。……え？」

弁当？
……愛梨の、手作り？

※

ダイエットに付き合う。
そう約束したその日の夕方から、ダイエットは始まった。
夕方は一緒に筋トレ、翌朝は一緒にランニングをした。
そして翌日の昼休み。
「はい、一颯君。お弁当」
「ああ、ありがとう」
俺は愛梨から弁当箱を受け取った。
約束通り、弁当を作ってくれたらしい。
蓋《ふた》を開けて見ると、色とりどりのおかずが入っていた。
おかずだけだ。
ご飯のような炭水化物はない。
おかずも低糖質なメニューばかりだ。

「てっきり、鶏むね肉とブロッコリーばかり、食わされるのかと思った」

「嫌よ、そんなの。一颯君は良くても、私が持たないもの」

「……素朴な疑問だが、俺が食事制限する必要、あるか？」

「何言ってるの。運動だけじゃなくて、食事制限もしないと、痩せないじゃない」

「いや、俺は痩せたいわけじゃないんだが」

一人で運動しても楽しくないから、一緒に付き合ってくれというのは、分からないでもない。

だが一緒に食事制限まで付き合う必要があるとは思えない。

というか、意味が分からない……。

「私一人だと、嫌だから」

自分だけ辛《つら》い思いをするのは嫌だから、お前も一緒に苦しめ。

身も蓋もない理由だ。

「それとも、なに？　私のお弁当、嫌？　不満があるの？」

「いや、まさか。……食事制限に疑問があっただけで、お前の弁当に不満はない」

俺は答えてから、箸でおかずを一つ、摘《つま》んだ。

鶏むね肉の大葉巻き……でいいのだろうか？

正式な料理名は分からない。

「美味《おい》しい。さすがだ」

「ふーん……何味か、分かる？」

「……多分、梅？」

俺がそう答えると、愛梨は笑みを浮かべた。

「正解。あと、そっちは味がちょっと違うの。当ててみて」

「あぁ、うん。これは……レモン？」

「よく分かったじゃない」

ちゃんと〝味わっている〟ことが伝わったからだろうか。

愛梨の機嫌が露骨に良くなった。

実際、お世辞や誇張抜きで愛梨の手料理は美味しい。

……母のよりも、好きだ。

さすがにそこまで口には出さないが。

その後も料理を褒《ほ》めながら、食べ進める。

「ごちそうさま。美味しかったよ」

「お粗末様です」

低糖質低脂質だったが、味付けはしっかりされていたし、種類も多かった。

何より美味しかったこともあり、ダイエット食の割には満足できた。

「明日も作ってくるから。楽しみにしててね」

「あぁ、うん。楽しみにしている」

しかしいつまで続けるつもりなんだろうか。

……美味しいからいいけどさ。

※

ダイエットが始まって、二週間が経過した。

「もう、飽きた……」

愛梨が根を上げた。

箸を握りしめたまま、自分の弁当箱を睨《にら》みつけている。

「鶏むね肉も、おからも、お豆腐も、もう食べたくない……」

「あぁ、そう？　……俺はそうでもないけど」

毎日、愛梨と同じメニューを食べている俺だが、全く飽きていない。

むしろ、楽しみにしている。

できるだけ長く、ダイエットを続けてほしい。

「一颯君は家で普通のご飯、食べてるんでしょ！　私は毎日、毎食、こればっか食べてるの！

お菓子だって食べてない!!」

俺も菓子は食べてないけど……。

とはいえ、朝食と夕食はしっかり食べている。

愛梨と苦しみを共有できているとは言えない。

いや、そもそも共有するいわれはないけどな。

俺はダイエットする必要、ないし。

「焼肉食べたい。ラーメン食べたい。ケーキ食べたい……」

「そんなに辛いなら、やめたらどうだ？　言うほど太っているようにも見えないし、無理なダイエットを続ける方が……」

「無責任なこと言わないで！」

怒鳴られた。

今日はいつも以上にイライラしてるな……。

ブドウ糖が足りてないいんじゃないだろうか？

「とりあえず、食べた方がいいと思うぞ」

「うぅ……！」

愛梨はこちらを睨みながら、唸《うな》り声を上げた。

そんな顔をされても、どうにもならないと思うけど。

「じゃあ、食べさせて」

「……はぁ?」

「食べさせて。そしたら、食べる」

「お前なぁ……」

「ねぇ、お願い」

上目遣いで迫ってくる愛梨。

俺は呆《あき》れながらも、周囲を見渡す。

幸か不幸か、屋上には俺たち以外、誰《だれ》もいなかった。

俺はため息をつきながら、愛梨の弁当と箸を持つ。

「ほら、口、開けろ」

「あーん」

愛梨は言われるままに、大きく口を開けた。

桃色の舌が、口の中から覗く。

何だか変な気分になりながらも、鶏むね肉のステーキを愛梨の口の中に放り込んだ。

「んっ……美味しい」

「まあ、お前の料理だしな」

「もっと、ちょうだい」

愛梨はそう言いながら口を前に突き出した。

何だか、キスをねだられているみたいだ。

そんな邪《よこしま》な考えが脳裏を過る。

「一颯君、早く。ちょうだい」

「あぁ……ほら」

「んっ……美味しい。一颯君の味がする」

「するわけないだろ……お前の箸だぞ」

これが俺の箸だったら、分からないでもないが。

……いや、俺の唾液の味って何だよって話だけど。

「愛情の話よ。箸って……何を考えてるの？　気持ち悪い」

「気持ち悪い表現したのは、お前だろうが」

正直、照れくさいので自分で食べてほしい。

しかし口を開けたまま待機する愛梨を放置するわけにもいかない。

そうこうしているうちに、やめようと言い出す機会を逸してしまい、結局全《すべ》て食べさせてしまった。

「ごちそうさま。ありがとうね、一颯君……じゃあ、次は私の番ね」

「は？」

気が付くと、愛梨の手の中に俺の弁当箱と箸があった。

愛梨はどこかウキウキした顔で、おかずを箸で摘んだ。

「はい、あーん」

「いや、自分で……」

「あーん！」

愛梨は俺の口元にぐいぐい、食べ物を押し付けようとしてきた。

仕方がなく、口を開ける。

「どう、美味しい？」

「あぁ、うん。……美味しいよ」

「私の味、する？」

「しない。もういいだろ……んっ」

「ダメ。私の味を感じられるまで、やめないから」

そう言いながら愛梨は俺の口の中に、おかずをどんどん放り込んでくる。

「やめろ」と口を開くたびに食べ物を放り込まれるので、避けられない。

腕を摑《つか》めばさすがに止まるかもしれないが……。

それで弁当箱をひっくり返されると、困る。

……そんな言い訳を考えているうちに、俺の弁当箱は空になってしまった。

「……ごちそうさま」

「私の味、感じられた？」

「あぁ、うん。感じた」

「……うわっ、気持ち悪ぃ」

「お前が言わせたんだろうが」

俺が文句を言うと、愛梨は楽しそうに笑った。

機嫌を直してくれたみたいだし、これでいいことにするか。

※

その日の朝も、私は一颯君と一緒に近所の公園を走っていた。

「も、もう、むりぃ……」

「あともう一周だろ。ほら、頑張れ」

「一颯君のいじわる、ドS、へんたい……」

「お前が立てた目標だろ」

足を止める私を、一颯君は叱咤激励する。

全然優しくしてくれない。

辛いならやめればいいって……言ってくれない。

「お、おわったぁ……」

「お疲れ様。はい、タオル」

何とか走り終えた私に、一颯君はタオルを差し出した。

私はタオルを受け取ると、顔と首筋の汗を拭き取る。

それから服の中にタオルを突っ込む。

胸の谷間に溜《た》まった汗を拭き取る。

……これ、ちょっとはしたないかも。

そう思い直した私は、一颯君の方を見た。

彼は私に背中を向けて、汗を拭いていた。

こっち見てたら、揶揄ってやろうと思ったのに……。

「一颯君さ」

「何だ？」

「余裕そうだね」

私と同じ距離を走ったのに、涼しい顔をしている一颯君に私は不満を口にした。

私はヘロヘロだったのに、一颯君はずっと余裕そうな顔だった。

背中に水筒とタオルが入ったリュックを背負っているのに……。

「昔は私よりも遅かったくせに」

「いつの話だよ、それ」

少なくとも、幼稚園児の頃は私の方が早かった。

小学生の時も、競ってたはず。

いつだろうか。

一颯君が私に合わせてくれるようになったのは……。

性別違うし、体力勝負で負けるのは仕方がないけどさ。

「明日から私の二倍、走らない？」

「意味分からん」

「ハンディよ、ハンディ」

「意味分からん」

私と一緒に苦しんでほしい。

と、言っているのだが、伝わっていない。

いや、伝わっているかもしれないけど、無視されている。

いじわるだ。

……理不尽なことを言っている自覚はあるから、強制はしないけど。

でも、何となく、不満だ。

もっと、寄り添ってほしい。

「で、結局、痩せたの？」

いきなり、デリカシーのないことを聞いてきた。

そもそも、一颯君の認識には誤解がある。

「あのね、私、そもそも太ってないから。ちょっと、体重が増えただけなの」

「あぁ、うん……そうだな。で、増えた分は減ったのか？」

意味同じだろ？

と、そんな顔で一颯君は同じ問いを投げかけてくる。

「……まあ、あとちょっとね」

「ふーん、ちょっとか」

ちょっとって、どれくらい？

と、聞いてきたら蹴ってやろう。

「目標に達するまでは、付き合うよ」

そう思っていたが、さすがにそこまでデリカシーのないことは言ってこなかった。

付き合ってもらっている立場なので、強くは出れない。

「……ちなみに、一颯君はどう？」

「どうって？」

「痩せた？」

「いや、増えたかな」

私より痩せてたらどうしよう。

そう思っていると、一颯君は意味の分からないことを言い出した。

「私に隠れて、お菓子食べてるの？」

「いや、隠れるも何も、そもそも俺はダイエットしてないし」

「狡い！」

「菓子なんて食べてないから、安心しろ。……太った感じはしないし、多分、身長が伸びたか、筋肉が増えたかしたんじゃないか？」

「狡《ずる》い!!」

隠れてお菓子を食べて太っているのか。

それとも簡単に筋肉が増える体質なのか。

どちらであっても、許せない。

「明日から一颯君が私をおんぶして、走るのはどう？」

「意味分からない……というか、意味ないだろ」

もちろん、冗談だ。

しかし良いことを思いついた。

「じゃあ、今、おんぶして」

「何でそうなる」

「疲れちゃったから。もう、一歩も動けない」

私は立ち止まり、駄々を捏《こ》ねた。

一颯君はそんな私を置いて、歩いて行ってしまう。

……嘘《うそ》でしょ？

置いていくの？

私のこと、好きじゃないの？

「あぁ……もう、さっきまで元気に歩いてただろ」

駆け出そうとする寸前で、一颯君は引き返してきた。

そしてため息をつきながら、私に背を向けてきた。

負ぶってくれるみたいだ。

やっぱり、一颯君は私のことが好きらしい。

もう、仕方がないなぁ。

「しゅっぱつ、しんこぉー！」

「歩いた方が運動になると思うけどなぁ」

一颯君は私を背負いながら、歩き始めた。

足取りはしっかりとしている。

……決して軽くはないと思うけど。

私一人くらい、背負ってあるくのは余裕みたいだ。

しかし背負ってもらったのはいいが、意外と暇だ。

そのせいか、ふと魔が差してしまった。

匂《にお》いを、嗅ぎたい。

「今日の放課後、数学、教えて」

「はいはい」

世間話をしながら、何気なく、一颯君の首筋に鼻を近づけた。

そして控えめに呼吸する。

すると鼻腔いっぱいに甘酸っぱい香りが広がった。

男の子の、一颯君の匂いだ。

決していい匂いとは言えないのに、何だか吸いたくなってしまう。

癖《くせ》になるような香り。

頭がクラクラする……。

お腹の下あたりが、カァーッと熱くなる。

「愛梨」

「ひゃっ！　な、なに⁉」

突然、声を掛けられ、私は思わず背筋を伸ばした。

き、気付かれた⁉

「もう、着いた。降ろすぞ？」

「え、あ、あぁ……うん」

気が付いたら、家の前だった。

名残惜しい気持ちになりながらも、私は一颯君の背中から離れる。

私の胸と、一颯君の背中が離れる。

そして汗で濡《ぬ》れ、胸に張り付いた服を、少し伸ばす。

ねっちょりしている。

「愛梨。顔、赤いけど……大丈夫か？」

「う、ううん……な、何でもない」

私は慌てて首を左右に振った。

一颯君の汗が私の服に染み付いていている。

体液が交じり合っている。

これはもう実質、セックスでは？　などとバカで気持ちの悪い妄想をしていたとは、口が裂けても言えない。

「じゃあ、私、シャワー浴びてくるから」

「あぁ。じゃあ、また後で」

「一颯君もちゃんと浴びてね」

「当たり前だろ」

そして家の前で、別れた。

……恋人になったら、一緒に入浴できたりするのだろうか？

シャワーを浴びながら、ふと、そんなことを思った。

第四章 ＊ ドキドキヴァレンタイン編 ＊

二月中旬、ヴァレンタインの日。

昼休み、体育館裏。

私は一人、〝彼〟を待っていた。

「一人で来てくれるかな?」

一人で来てほしいとは、伝えていない。

不自然だから。

でも、一人で来てほしいと思っている。

そして昼休みなら、多分一人で来てくれるだろうと思っていた。

ちょうど、彼のクラスは体育だから。

男子更衣室を出た後、帰りに寄ってくれるだろう。

わざわざ、誰《だれ》かと待ち合わせをしたり、一緒に来たりはしないはずだ。

もっとも、成り行き次第だ。

わざわざ二人で来ることはないが、あえて一人で来ようとするほど、気が利《き》く人でも、察しが良い人でもない。

「ふふ、ハート形にしたくらいじゃ、気付くわけないのにね」

思わず、笑ってしまった。

去年も、一昨年も、気付かなかったんだから。

今年もきっと気付かないし、気付かれない。

もっとも、気付かれても困る。

これは、私の自己満足だから。

気付いてほしいとは、思っていないから。

「――」

後ろから、彼が私を呼ぶ声がした。

私は少し驚きながらも、振り返った。

※

「あ、あのさ……い、一颯《いぶき》君」

二月初旬。

私――神代愛梨《かみしろあいり》はそわそわした気持ちで、一颯君に話題を切り出した。

ここは一颯君のお部屋。

今は二人っきりで、勉強中だ。

「うん？　どうした」

一颯君は怪訝そうな表情を浮かべる。

私は動揺や気恥ずかしさ、照れくささが顔に出ないように努めながら……。

――ヴァレンタイン、どんなチョコレートが欲しい？

そう、尋ねようとした。

ヴァレンタイン。

女の子が意中の男の子にチョコレートを渡す日と（日本では）されている。

もっとも、実際は家族や友人、そしてクラスメイトに配ったりすることもある。

私も同様で、毎年、両親や陽菜《ひな》ちゃん、葛原《くずはら》君にもチョコレートをプレゼントしていた。

一颯君にも同じ物を渡していた。

どれだけ親しい幼馴染でも、男友達の域を出ないのだからそれが妥当な判断だ。

むしろ〝好き〟と勘違いされないために、同じ物を配るべきだと考えていた。

去年まではそれで良かった。

でも、私にとって今の一颯君はただの男友達じゃない。

意中の男友達だ。

だから去年と同様に義理チョコを渡し、一颯君に「愛梨にとって俺《おれ》は男友達なんだな」と思われるのは、困る。

ちゃんと気があることを伝えたい。

ただ、露骨に好き好きアピールするわけにはいかない。

そんなの告白と同じだ。

告白したら、負けだ。

あくまで、一颯君に告白させるための布石として、気があることをそれとなく、仄《ほの》めかしたいのだ。

いわば偽装退却、戦術的撤退である。

だからあまりにも本命すぎる、好き好きアピールの強いチョコレートを贈るわけにはいかない。

一颯君に「愛梨は俺のこと、好きなんじゃゃ……」と思わせつつ、告白しているとまでは言えないようなチョコレートとは、どんなものか。

悩みに悩んだが、思い浮かばなかった。

そこで本人に直接、聞いてみることにしたのだけれど……。

「えっと、そ、その、そろそろ……」

「何だよ」

「は、春だね！」

急かされたせいで、関係のないことを言ってしまった。

春だから、何だっていうのよ……。

「そうだな。まだまだ寒いけど」

「え、えぇ……」

会話を続けなければ。

軌道修正しなければ。

でも、どうやって？

私が続く言葉を探していると……。

「春と言えば、そろそろヴァレンタインだな」

心臓が、跳ねた。

行事ごとに興味を持たない一颯君の方から、話を振ってくるとは思っていなかった。

「そ、それが、ど、どうしたのよ！」

「いや、別に。……他意はないけど」

一颯君はそう言いながら頬《ほお》を掻《か》いた。

照れくさそうな表情だ。

一颯君の方から言い出したということは、やはり興味はあるようだ。

「チョコレート、欲しい？」

「え？」

私は思わず聞き返した。

まるで一颯君の方から私にチョコレートを贈ってくれる気があるような、そんな言い方だ。

「ほら、逆チョコってやつ。毎年、もらってばっかりだし。俺の方からも贈ろうかなって。……要らないか？」

一颯君からのチョコレート。

欲しいか欲しくないかで言えば、欲しい。

「くれるなら、もらおうかしら」

「そうか。じゃあ、準備しておく」

一颯君はそう言うと、自分の勉強に戻ってしまった。

どうしよう。

今から聞くと、邪魔になるかな？

もうちょっと、時間経《た》ってから……。

そして悩んでいるうちに、一日が終わってしまった。

※

「で、どんな感じのチョコレートがいいと思う？」

「……はぁ？」

予備校の休憩室で私が問いかけると、陽菜ちゃんは呆《あき》れ顔を浮かべた。

ちょっと薄情だと思う。その反応は。

「無難にハート形にすればいいんじゃないですか？」

「でも、ハート形って好き好き感出すぎじゃない？」

「……そんなことは、ないと思いますけど」

私の言葉に陽菜ちゃんは目を逸らし、そして口籠《ごも》った。

……誰かにハート形のチョコレートを渡したことがあったりするのかな？

「そもそも、好きだってアピールしたいんでしょう？」

「それは、そうだけど……告白されたって思われたら、嫌なの」

「ハート形くらいで告白されたとは思いませんよ。……言葉にしなければ、伝わりませんからね」

「……そう？」

もし、私が一颯君にハート形のチョコレートをもらったら……。

確かにそれだけで告白されたと思うほど、自意識過剰にはなれない。

考えすぎだったかな？

「いっそ、告白したらどうですか？」

「……嫌。告白するのは、付き合ってって頼むのは、一颯君からだから」

「どうしてそんなに嫌なんですか？　頼んだのが愛梨さんだからといって、いじわるされることはないと思いますけど」

「それは、そうだけど……」

一颯君はいじわるなところもあるが、それ以上に優しい。

頼んだのが私だからといってぞんざいに扱うことはないと思う。

きっと、今まで通り、甘やかしてくれる。

「……私、最近、一颯君に負けてばっかりだから」

「負ける？」

「勉強でも、運動でも。だから、自信が欲しいの」

「自信、ですか」

「うん。私からだと、不安なの」

私は一颯君に釣り合っていない。

一颯君は、すごい人だから。

きっと、私にパパの病院がおまけで付いてくるとしても、一颯君なら独力でもっといい仕事を見つけるはずだ。

一颯君は、私よりも優れてる。

だから、欲しい。

これからも甘えたり、我儘《わがまま》を言って振り回したい。

そのためには、私からじゃ、ダメだ。

一颯君から告白してくれたと、一颯君の方から私にお付き合いを頼んだという建前《たてまえ》がないと、私は安心して、一颯君と付き合えない。

一颯君が上で、私が下。

私の中で、そういう序列ができてしまう。

そうなったら、私はきっと、一颯君に媚《こ》びてしまう。

捨てないでください。

恋人でいてください。

そういう態度を日常的にしてしまう。

それはきっと、一颯君も望んでない。

「なるほど……」

陽菜ちゃんは私の言い分を聞くと、頭を搔《か》いた。

そして小さくため息をつく。

「敵《かな》わないですね」

「……何が？」

「いいえ、こちらの話です」

陽菜ちゃんは小さく笑って答えた。

「愛梨さんのお気持ちは分かりました。今度、機会があったら私の方から、風見《かざみ》さんの背中を強く押します」

「本当⁉　ありがとう！」

私は陽菜ちゃんの手を握る。

すると陽菜ちゃんは恥ずかしそうに頬を赤らめ、やんわりと手を抜く。

「そういうのは、風見さんにしてください」

「……割としているとは思うけど」

「あ、あぁ、そうですか……このバカップルめ」

陽菜ちゃんはなぜか、私を睨《にら》んだ。

まだ付き合ってないし、カップルじゃないと思うけれど。

「でも、急いだ方がいいとは思いますけどね」

「そう？　まだ、高校卒業まで一年あるけれど」

「風見さん、ああ見えて……というか、見ての通り、モテるでしょ？　知ってますよね？」

「あ、あぁ……うん、そうね」

一颯君はモテる。

あんなに頭が良くて、カッコよくて、優しい男の子が、モテないはずがない。

本人は自覚していないけど、それは私が女の子避けになっているからだ。

客観的に見て、私よりも可愛《かわい》い女の子なんて早々いない。

だから私が一颯君の隣で恋人面をしている限り、誰も一颯君に告白するような真似はしない。

「今年のヴァレンタイン、どれだけチョコレートを貰《もら》うのか、見物ですね」

「そ、そうね……」

私よりも可愛い女の子はいない。

でも、一颯君が、私の好意に気付かなかったら。

誰かに告白されて。

妥協して、その告白を受け入れてしまったら……。

少しだけ、怖くなった。

※

ヴァレンタイン、当日。

いつも通り、俺は愛梨と一緒に登校していた。

「チョコレートなんだけど」

「え？　な、なに⁉」

俺がチョコレートのことを話題にすると、愛梨はビクッと肩を震わせた。

何か、驚くような要素、あったか？

「冷蔵庫にあるから。学校、終わった後でいいよな？」

「あ、あぁ……う、うん。私も一颯君のは、家にあるから」

そんな話をしているうちに、学校に着く。

例年は葉月《はづき》と愛梨からしかもらえていないが、今年はどうだろうか？

ちょっと期待しながら、下駄《げた》箱を開ける。

中には俺の上履きだけが、入っていた。

「あら、空じゃない。残念だったわね」

愛梨は俺の下駄箱を覗《のぞ》き込みながら、妙に嬉《うれ》しそうに言った。

小馬鹿《こばか》にされているようで、少し腹が立つ。

「勝手に見るな」

俺は上履きを取り出してから、下駄箱を閉めた。

「まあ、まだもらえないと決まったわけじゃないし。そう落ち込まなくてもいいじゃない」

「別に落ち込んでない。そもそも、欲しいと思ってない」

「強がり言っちゃって」

愛梨はニヤニヤと笑いながらそう言った。

別に強がっていない。

……幼馴染以外の女の子に、好意を向けられたことがないことを、気にしたりしていない。

「拗《す》ねないでよ。私がチョコレート、あげるからいいじゃない」

「別に拗ねてない」

教室についた後、机の中を確認する。

やはり、入っていない。

「どう？　一颯君……なさそうだね」

「顔で判断するな」

「覗くと怒るじゃない」

愛梨はいつになく、上機嫌だ。

そんなに俺がチョコレートを貰えてないのが、嬉しいのか？

……そりゃあ、嬉しいか。

愛梨は俺のこと、好きだろうし。

そう思った途端、この生意気な幼馴染が可愛く見えてきた。

「そんなに俺が、チョコレートをもらったか、気になるのか？」

俺がそう尋ねると、愛梨は顔を強張《こわば》らせた。

「は、はぁ？　そ、そんなわけ、ないでしょ？　一颯君が誰からチョコレートをもらおうと、私には関係ないし」

愛梨はそう言うと顔を背《そむ》けた。

そしてそのまま自分の席に戻ってしまった。

久しぶりに愛梨にやり返せた。

いい気分だ。

そう思っていると、携帯が振動した。

開くと、メールが来ていた。

——昼休み、体育館裏に来てもらえませんか？

葉月からだった。

昼休み、か。

その前は体育の授業だし、その帰りに寄るか。

しかし、何の用だろうか……。

あぁ、チョコレートか。

そんな予想を立てていた俺は、体育の授業を終え、着替えてから体育館裏へと向かった。

どこか、そわそわとした様子の女子生徒の、後ろ姿が視界に映った。

「葉月」

「あ、風見さん」

葉月は肩をビクッと震わせてから、振り返った。

手には可愛らしいリボンと包装紙で包まれた箱を持っていた。

「早速ですけど、これ。ヴァレンタインのチョコレートです」

葉月は無造作に箱を俺に手渡した。

俺は素直にそれを受け取る。

「ありがとう。後で食べるよ。……俺からも、いいかな?」

「なんでしょうか?」

困惑する葉月に、俺は手に持っていた包みを手渡した。

「何ですか? これ」

「いわゆる、逆チョコだ」

「……へぇ」

葉月は少し驚いた様子で、目を見開いた。

そして小さく笑う。

「ありがとうございます。大切にしますね」

「ああ、うん……食べろよ?」

「大切にしてから、食べますよ」

葉月はケラケラと楽しそうに笑った。

そして包みをしまうと、踵《きびす》を返した。

「では、私はこれで」

「……教室、逆じゃないか？」

葉月のクラスは俺のクラスの隣。

帰り道は同じはずだが……。

「遠回りしたい、気分なので」

葉月は振り返り、笑った。

少しだけ、寂《さび》しそうに見えた。

※

「一颯君、遅かったね」

教室に戻ると、弁当を持った愛梨が待機していた。

ダイエットは継続中なので、今日も俺は愛梨の食事制限に付き合うことになる。

今年度いっぱいは続けるつもりのようだ。

……そう言えば、チョコレートは制限しなくていいのだろうか？

「ちょっと用事があって……」

「……それ、なに？」

愛梨の声が、低くなった。

視線の先には、俺が手に持っている箱があった。

——葉月から、義理チョコをもらったんだよ。

そう答えようとしたが、少しだけ悪戯《いたずら》心が浮かんだ。

「何だと思う？」

俺がそう尋ねると、愛梨はそっぽを向いた。

「チョコレートをもらったからって、調子に乗らないで。気持ち悪い」

「き、気持ち悪いって……」

そこまで言わなくてもいいだろ。

さっきは人のこと、散々馬鹿《ばか》にしたくせに。

俺が誰からチョコレートをもらおうと、関係ないって言ったくせに。

「チョコレートあるなら、お弁当、いらないわよね？」

すっかり拗ねてしまったのか、愛梨は机に出していた弁当箱を鞄《かばん》に仕舞おうとする。

俺はお前の食事制限に付き合う立場なんだが……。

別に愛梨から弁当をもらえなくとも、購買部で購入すれば済む話なので困らない。

が、それを口にしたら本格的に大喧嘩《げんか》になってしまう。

愛梨との喧嘩はいつものことだが、ヴァレンタインにすることではない。

「葉月からの、義理チョコだよ」

「あ、そう。……最初から、そう言えばいいのに」

愛梨の機嫌が良くなった。

つい先ほどしまったばかりの弁当箱を、鞄から再び取り出す。

調子のいいやつだ。

「俺が誰からチョコレートをもらおうと、関係ないんじゃなかったのか？」

「……別に？　ただ、一颯君がこれからチョコレートを食べるつもりなら、お弁当は邪魔かなと思っただけだもん」

いろいろと言いたいことはあったが、弁当をもらえないのは困るので、黙っておくことにした。

弁当を食べ終えてから、葉月からもらった箱を取り出した。

「あ、今、食べるんだ」

「傷まないうちに食べた方がいいかなと」

「それもそうね」

愛梨は身を乗り出し、俺の手元をじっと見てきた。

「……見るなよ」

「ちょっと気になって」

「お前ももらったんじゃないのか？　友チョコ」

「もらったし、食べたけど……あ、私が食べてあげようか？」

「ダイエット中だろ」

愛梨の視線にやり辛《づら》さを感じながらも、リボンを解き、包みを開いた。

そして箱を開ける。

黒、白、ピンクの三色のチョコレートが入っていた。

そのうちピンクをつまみ、口に入れる。

チョコレートのほんのりとした苦みと、イチゴの酸味が口に広がる。

中々、美味《おい》しい。

例年通りの味だ。

「……ハート形」

ぽつりと、愛梨が呟いた。

ハート形？

確かに三つとも、ハート形だけど……。

「それがどうかしたか？」

例年、そんな感じだぞ。

「う、ううん……なんでもない」

その日、一日中、愛梨はそわそわしていた。

※

放課後。

俺たちは家の前で、一度別れを告げた。

俺は冷蔵庫に行き、愛梨用のチョコレートを取り出す。

玄関に行くと、すでに愛梨はチョコレートを手に持ち、立っていた。

「随分、早いな」

俺は走って来たわけではなかったが、のんびりと歩いていたわけではない。

しかし愛梨の方が来るのが早かった。

「あぁ、うん……えっと、先に準備してたから」

愛梨は肩で息をしながらそう言った。

どうやら走って来たようだ。

そんなに急がなくてもいいのに。

「じゃあ、愛梨。これ」

俺はチョコレートの入った紙袋を、愛梨に差し出した。

照れくさかったので、できるだけ自然な声音を意識したが、逆にぶっきらぼうな感じになってしまった……。

「う、うん。ありがと」

幸いにも愛梨は特に気にした様子はなく、チョコレートを受け取ってくれた。

そして今度は愛梨自身が持って来たチョコレートを、俺に差し出した。

「はい、これ。……チョコレート」

愛梨もまた、ぶっきらぼうな口調でそう言った。

早く受け取れと言わんばかりに手を突き出し、そして俺からは顔を背けている。

その横顔は赤く染まっていた。

照れているのは、彼女も同じようだ。

「ありがとう」

俺は苦笑しながらも、愛梨からチョコレートを受け取った。

お互い、これで用事は済んだが……。

しかしチョコレートを交換して、はい、さようならというのはあまりに味気ない。

せっかくお菓子もあることだし、珈琲《コーヒー》でも淹《い》れるか。

「愛梨、せっかくだし……」

「あ、あのさ！」

俺の声を掻《か》き消すように、愛梨は声を上げた。

俺は押し黙り、愛梨の続きの言葉を待つ。

「え、えっと、その……」

「な、なんだよ」

愛梨の雰囲気が、普段と違った。

頰を赤らめ、目を泳がせ、艶《つや》やかな唇を何度か開いたり、閉じたりする。

いつもより、色っぽく見えた。

「チョコレート、だけど」

心臓がドキッと高鳴る。

今日はヴァレンタインだ。

全く意識していなかったかといえば、嘘《うそ》になる。

愛梨の雰囲気が昼から違うことにも、気付いていた。

まさか……。

「気持ち、込めたから」

「き、気持ち……？」

聞かずとも、察することはできた。

それでもなお、確かめたかった。

「どんな、気持ちだよ」

「そ、それは……」

愛梨は目を伏せた。

それから俺を睨みつけた。

「食べれば、分かるんじゃない？　自分で考えて！」

愛梨は怒鳴りつけるようにそう言うと、ドアを開け、走り去ってしまった。

引き留める間もなかった。

俺は呆然《ぼうぜん》と、その場に立ち尽くした。

しばらくして、我に返った俺は自分の頬に手を当てた。

燃えるように、熱くなっていた。

チョコレートは甘かった。

※

「やっちゃった……」

私——神代愛梨は、顔を手で覆《おお》い隠しながら呟いた。

顔が燃えるように熱い。

「あ、あのくらいじゃ……告白のうちに、入らないわよね？　うん、入らないわ。だって、好きって言ってないもの」

私は自分自身に言い聞かせるように、何度も呟いた。

第五章 ＊ わくわく雪遊び編 ＊

それは、ある雪の日。

私は家の脱衣室で服を脱いでいた。

シャツを脱ぎ、ズボンを脱ぎ、タイツを脱ぎ、下着だけになる。

そして下着も脱ごうとした時、思わず手が止まってしまった。

緊張で手が震える。

「早く、お風呂《ふろ》に入らないと。風邪ひいちゃうから」

私は自分にそう言い訳しながら、下着を脱ぐ。

一糸纏《まと》わぬ姿になる。

バスタオルだけ体に巻いて、裸体を隠す。

「大丈夫。これでも、隠れるし。見せるつもり、ないし。寒いから、入るだけだし」

私は大きく深呼吸し、浴室のドアに手を掛けた。

ドアを開ける。

「お、お邪魔します……」

※

愛梨《あいり》からチョコレートを受け取ってから、三日経《た》った。

あの時から、俺《おれ》たちの関係は大きく変わっていない。

愛梨も先日の態度が嘘《うそ》のように、いつも通りだ。

そして、俺も。

表面上では平静を装っている。

「自分で考えて、か……」

愛梨がチョコレートに込めたという、〝気持ち〟。

チョコレートを食べれば分かるとのことだが、正直、昨年とどう違うのか分からなかった。

普通に美味《おい》しいチョコレートだ。

しかしチョコレートの違いこそ分からなかったが、愛梨の態度や言葉で、何となく察することができた。

要するに、俺のことが好きだと、言いたいんだろう。

……多分。

断言はできない。

チョコレートは普通に美味しいチョコレートにしか、感じられなかったから。
何か別の意図が隠されている可能性を、俺は否定できない。
「あれは、告白されたのか……？」
告白ではないような気がする。
だが、告白のようなものだった。
なら、返事をした方がいいのだろうか？
どんな風に？
——なに？　一颯《いぶき》君、私のこと、好きなの？　仕方がないなぁ、付き合ってあげるわ。
下手なことを言うと、そういう流れになる気がする。
というか、愛梨はそうしたいから、あえて〝好き〟と明言しなかったのだろう。
別に好きとは言ってないけど？
と、そう言い逃れする余地を残している。
ずる賢いやつだ。
その手には乗らない。
「好きって言わせてやる」
しかし、どうやって？
布団《ふとん》に包《くる》まりながら俺が考えていると、携帯が鳴った。

誰《だれ》かと思えば、愛梨からのメールだった。

窓を開けて見て。

そう書かれていた。

言われるままに窓を開ける。

するとそこには愛梨がいた。

俺と愛梨の部屋の窓は向かい合っているので、愛梨はたまにこうして俺を呼びつけるが……。

今日はやけに嬉しそうな顔をしている。

良いことでもあったのだろうか。

「おはよう、一颯君」

「ああ、おはよう。で、何の用……」

「あれ、見て！」

言われるままに、愛梨の指さす方向を見る。

そこは自宅の部屋の庭だった。

本来、芝生が生えているそこは、真っ白に染まっていた。

「……雪？」

「うん！　雪!!　じゃあ、待ってるからね!!」

愛梨はそう言うと窓を閉めてしまった。

俺も窓を閉める。

そして思わずため息をついた。

「……寒いの、苦手なんだけどな」


防寒着を着込んだ俺は、愛梨の家を訪れた。

愛梨はすでに玄関から出て、俺を待っていた。

「遅い！」

「急に呼び出したのはそっちだろ。……で、どうするんだ?」

待ってるから。

としか、俺は言われていない。

もっとも、察してはいる。

ようするに〝雪遊び〟をしようということだろう。

去年も愛梨に無理矢理、外に引きずられ、雪だるまを作らされた記憶がある。

「雪だるま、作ろ！」

「今年も競争するか?」

去年は二人でそれぞれ雪だるまを作り、大きさや造形美を競い合った。

何だかんだでムキになってしまったことを覚えている。

「今年はそういうのは良いかな」

「そうか?」

てっきり、「一颯君、勝負しましょう。負けた方が勝った方の言うことを聞いてね?」とか言い出すと思ったのだが。

「うん。代わりに大きいの、作りましょう! これくらいのやつ!!」

愛梨はそう言いながら、両手を大きく広げた。

不覚にも、その仕草はちょっと可愛《かわい》いと思ってしまった。

※

「完成!!」

「はぁ……ようやく、できた」

時刻は正午過ぎ。

ようやく、雪だるまが完成した。

サイズは愛梨の身長と同じくらいの高さ。

そこそこのサイズだ。

「本当は一颯君よりも高くしたかったんだけど」

「無茶言うな」

共同作業と言えば聞こえはいいが、もっぱら働くのは俺だ。

大きな雪玉を作るのは、中々、大変なのだ。

「じゃあ、一颯君。写真、撮りましょう」

「はいはい」

愛梨に言われるまま、雪だるまの前に立つ。

愛梨は携帯でパシャパシャと自撮りした。

「どれがいいと思う？」

「うーん、これじゃないか？」

写真の中の愛梨は、満足気な表情だった。

この笑顔のためなら、頑張ったかいがあったと言える。

「じゃあ、俺はそろそろ帰るから」

「え！　どうして？」

「いや、もう作り終えただろ？」

雪だるま作りはそこそこ楽しかった。

が、しかしそれ以上に寒い。

早く家に入りたいのが本音だ。

「もうちょっと遊ぼうよ」

「いや、寒いし……」

俺が渋ると、愛梨は途端に不機嫌そうな表情になった。

不満そうに頬《ほお》を膨らませる。

「一颯君のいじわる！　冷血漢！　えい！」

「冷た！　バカ、やめろ‼」

愛梨に雪をぶつけられる。

思わず悲鳴を上げると、愛梨はにんまりと生意気な笑みを浮かべた。

「悔しかったら、反撃したら？」

「お前な……」

雪合戦をしよう。

そういう挑発だ。

これに乗ったら、愛梨の思うつぼだ。

しかしこのまま反撃せず、帰るのも癪《しゃく》だ。

「おりゃ！」

「あっ……！　つ、冷たい‼　ちょ、やめて‼　早すぎるから‼」

「ほら、反撃してみろ！」

「このっ!!」

結局、俺は愛梨の誘いに乗ってしまった。

一時間、俺たちは雪合戦を繰り広げ……。

「あ、あのさ、あ、愛梨……」

「な、なに？　い、一颯君……」

「も、もう、や、やめないか……さ、寒い……」

俺は歯を鳴らしながら、愛梨に和平の申し入れをした。

お互い温かい恰好はしていたが、雪をぶつけ合っていれば体も冷える。

それに服も少し濡《ぬ》れている気がする。

「そ、そうね。私もちょっと、寒いかも」

「じゃあ、そろそろお開きということで」

今度こそ、俺は帰ろうとした。

が、俺は歩き出せなかった。

「待って」

愛梨に服を摑《つか》まれたから。

「何だよ」

「……えっと」

自分から引き留めたにもかかわらず、愛梨は言い淀んだ。

「実は、今日、パパとママ、いなくて」

愛梨の父は医者で、母は看護師だ。

一般的の人の〝休日〟は二人にとって〝営業日〟なので、家にいないことが多い。

これは俺と愛梨が、家族ぐるみで交流があった理由の一つだ。

休日、俺の両親は愛梨を預かっていた。

だからいつも二人で遊んでいた。

今は高校生ということもあり、一人で留守番できないわけではないが、それでも寂《さび》しいのだろう。

「……じゃあ、家に上げてくれるか？　ここは寒いから」

結局、愛梨の寂しそうな表情に折れてしまい、もうしばらく付き合うことになった。

※

「あぁ……靴下はダメだな」

靴を脱いだ俺は思わずため息をついた。

分かってはいたが、溶けた雪がしみ込み、ビショビショになっている。

「脱いだら？　床暖房ついてるから、暖かいよ」

愛梨の勧めもあり、俺は靴下を脱いだ。

隣を見ると、愛梨も靴下を脱いでいた。

白く、綺麗《きれい》な裸足《はだし》が露わになる。

何だか見てはいけないものを見た気になり、俺は目を逸らした。

「あーあ、上着まで濡れちゃってる。一颯君がいじわるするから」

「最初に雪を投げつけてきたのはお前だろ」

「それは一颯君が……」

俺たちは言い合いをしながら、濡れた服を脱いだ。

お互い、ラフな恰好になる。

そしてリビングの電気ストーブをつけて、体を温《ぬく》める。

「一颯君、もっとそっち行ってよ」

「逆だろ、お前がもっとズレろ。三分の二も使ってるじゃないか」

「ここ、私の家だよ？」

「お前が一緒にいてほしいって言ったから、いるんだろ」

「そんなこと言ってないもん」

俺たちは互いに体をぶつけ合った。

触れ合っている部分は、愛梨の体温が感じられ、温かかった。

「私、こんなに冷えてるんだよ？　ほら」

「冷た！」

愛梨に頬を触られ、思わず悲鳴を上げた。

確かに愛梨の手は氷のように冷たかった。

とはいえ、俺だって負けないほど体が冷えている。

「お返しだ」

「きゃっ！」

俺は愛梨の頬に手を当てた。

ビクッと愛梨は震えた。

「や、やめてよ！　一颯君のえっち！」

「先にやったのはお前だろ」

俺は反論しながら、愛梨の手に触れた。

えっち、えっちと言う割には、愛梨は抵抗しなかった。

優しく手を摩《さす》る。

「これはどうだ？」

「……温かいかも」

愛梨は頬を緩めた。

お互いに体を摩り合い、触れ合いながら、体を温めていく。

ちょっと、いい雰囲気かも。

そう思った時だった。

――お風呂が沸けました。

そんな機会音声がリビングに響いた。

少し水を差された気分になる。

「風呂、沸かしてたのか？」

「……あぁ、うん。後で入ろうと思って」

雪遊びをしたら、体が冷える。

だから体を温めるために、風呂を事前に沸かしていたようだ。

「そうか。じゃあ、俺は一度帰った方がいいか？」

「……え？　どうして？」

俺の提案に愛梨は驚いた様子で顔を上げた。

どうして？　と言いたいのはこちらだ。

「俺がいたら、入り辛《づら》いだろ」

同じ屋根の下に男がいるのに、無防備な姿になることに抵抗がある……かどうかは、俺と愛梨の関係性を考えればないかもしれないが。

しかし俺という来客を待たせているという状態では、風呂で寛《くつろ》げないはず。

「私は気にしないけど……」

愛梨は良くても、俺が良くない。

ちょっと、気まずい。

「終わったら、呼んでくれ。俺も家で風呂に入りたいし」

暖房でも十分、温まるけど。

愛梨が風呂に入ると聞いたら、俺も入りたくなってしまった。

「……」

愛梨は電気ストーブを見つめながら、黙り込んでしまった。

そんなに俺と一緒にいたいのだろうか？

疑問に思っていると……。

「じゃあさ」

「うん？」

「……一颯君も、どう？」

「……どうって？」

「お風呂。……ほら、雪以外にも、泥とかでちょっと汚れてるし。早く温まった方がいいかなって」

　愛梨は早口でそう言った。

　俺は少し、考える。

　家で沸かそうとすれば時間が掛かる。

　愛梨の家で借りることができれば、手っ取り早く体を温めることができる。

「先、入っていいよ」

「そ、そう？　じゃあ、お言葉に甘えて……」

　悩んだが、今すぐお風呂に入れるという誘惑に負け、頷《うなず》いてしまった。

　脱衣室で服を脱ぎ、浴室に入る。

　後で愛梨が入ることを考えると、汚さないように先に体を洗った方がいい。

　そう考え、シャワーで体を濡らし、愛梨から借りた浴用タオルで体を洗っていると……。

　ガチャッ。

　ドアを開ける、音がした。

　思わず、振り向いた。

　そこにいたのは……。

「あ、愛梨⁉」

　バスタオルで体を隠した、幼馴染が立っていた。

「お、お邪魔します……」

仄《ほの》かに赤らんだ顔で愛梨はそう言った。

「え？　あ？　え？　な、何で？」

口から、変な声が出た。

どうして愛梨が入って来たのか、理解できない。

一方の愛梨は胸元《むなもと》を隠しながらも、堂々と開き直った表情をしている。

「一緒に入ろうって、言ったでしょ？」

言ったっけ？

記憶にないが……。

あ、「一颯君も、どう？」っていうの、〝一緒に〟って意味だったんだ。

「でも、先にって……」

「一颯君が上がるの待ってたら、風邪ひいちゃうでしょ」

言われてみれば、確かにそうだ。

早く入らないと、風呂を沸かした意味がなくなってしまう。

「……あまり見ないでほしいんだけど」

「わ、悪い！」

俺は慌てて正面を向いた。

姿見には愛梨の裸体が映っていたが、しゃがんだことで見えなくなった。

「一颯君、背中、もう洗った？」

「いや、まだだけど……」

「じゃあ、洗ってあげる」

「い、いや、それくらい自分で……」

「いいから、いいから」

困惑しているうちに、タオルを奪われてしまった。

そして背中をタオルで擦《こす》られる。

「力加減はどう？」

「……もっと、強い方がいいかな」

「これくらい？」

「あぁ、うん……」

他人に背中を洗ってもらうのは、思ったよりも気持ち良かった。

こういうのはいつ以来だろうか……。

「小学生の時以来だよね」

「あ、あぁ……う、うん。そうだな」

小学二年の時くらいまでは、愛梨と一緒に風呂に入ることがあった気がする。

となると、九年ぶりくらいか？

「はい、終わり。じゃあ、交代ね」

「え？ こ、交代？」

「私にだけ、洗わせるの？ ほら、立って」

促されるまま、俺は椅子《いす》から立ち上がった。

そして愛梨は体に巻いているバスタオルをとって……。

「お、おい⁉」

「なに？ ……とらないと、洗えないでしょ？」

愛梨は浴室上部のタオル掛けにバスタオルを掛けながら、そう言った。

俺は慌てて目を逸らす。

僅《わず》かにだが、綺麗な胸の先端が、見えてしまった。

「じゃあ、お願いね」

「あ、はい」

愛梨から浴用タオルを手渡される。

俺は石鹼を泡立て、そして愛梨の背中に向き直った。

白磁のように美しい背中だ。

思わず、生唾を飲んだ。

……ここまで来たら、やるしかない。

「……どうだ？」

「もうちょっと、優しくして」

「こ、こう？」

「うん、ちょうど良いかな」

俺は、何をしているんだろうか。

この状況は、異様な気がする。

だが、冷静になってはいけない気がしたので、深く考えず、流れに身を任せることにした。

「ありがと。じゃあ、残りは自分でやるから。一颯君、先に浸かってて」

「あ、あぁ……」

俺はいそいそと立ち上がり、逃げるように湯舟に浸かる。

まだ浸かったばかりなのに、逆上《のぼ》せたように顔が熱い。

背後ではシャワーの音がする。

愛梨が体を、正面を洗っているのだ。

……不味《まず》い、考えると、下半身が！

俺が自分の性欲と葛藤していると、シャワーの音が止まった。

「一颯君、少し、退《の》いて」

「あ、あぁ……これでいいかな？」

「うん」

ちゃぷん。

水音と同時に、水位が上がる。

どこか分からないが、背中に愛梨の素肌が触れる。

「ちょっと、狭いね。昔は広かったのに」

「俺たちが、大きくなったんだろう」

「そうだね。ところで、一颯君」

「何だよ」

「こっち、見て」

「いや、でも……」

「話し辛いから」

愛梨に促された俺は、覚悟を決めてから、ゆっくりと振り向いた。

そこには当然だが、全裸の愛梨がいた。

大事なところは浴用タオルで隠しているが……。

タオルが体にぴったりと張《は》りついているので、体の凹凸はくっきりと浮き出ている。

そもそもサイズが小さくて、あまり隠せていない。

何か、逆にエロい。

「あれ？　一颯君……」

愛梨は大きく目を見開いた。

「な、なんだよ！」

愛梨の視線の先。

そこは……。

「そ、そんなに、大きかったっけ？」

「バカ、お前、どこ見てんだ！」

俺は慌てて下腹部を浴用タオルで隠した。

「いや、だって、ほら。小学生の時は、これくらいで……」

「手で示すな！」

生々しい話をしないでほしい。

「身長だって伸びるんだから、そこだって、成長するだろ」

「へぇー、そうなんだ。ところでさ」

「今度は、何だ？」

「それって、全力？」

全力？　あぁ……そういう意味か。

どうしてお前に教えないといけないんだ……と言いたいところだが、これを全力だと思われるのは、嫌だな。

「……半分、くらいだ」

「え、本当？ 見栄張ってない？ だって、あれの二倍ってことは……」

愛梨は指でサイズを示した。

そしてそれを下腹部に当てようとする。

「手で示すな！ おい、やめろ！」

俺は慌てて愛梨の手を止める。

それは洒落にならない。

「やっぱり、見栄でしょ。さすがに盛りすぎ。私を前に、全力じゃないとか、あり得ないし」

愛梨はニヤニヤと生意気な笑みを浮かべながら言った。

見栄なんて、張ってないんだが。

「幼馴染に興奮するわけ、ないからな」

もちろん、嘘だ。

全力じゃないのは、昂《たかぶ》らないように、必死に抑え込んでいるからだ。

「ふ、ふーん……そういうこと、言うんだ。なら、私にも考えがあるけど？」

愛梨は不敵な笑みを浮かべた。

そして体を隠していたタオルを摘《つま》み、ゆっくりと……。

「お、おい！　変なもの、見せるな！」

俺は慌てて顔を逸《そ》らした。

ギリギリセーフ、見えてない。

……いや、ちょっとだけ見えたけど。

脱毛してるって言ってたの、本当だったのか。

「あれ？　一颯君、どうしたの？　顔、逸らして。幼馴染に興奮するわけ、ないんじゃないの？」

「しねぇよ。ただ、見たくなかっただけで……」

これ以上は、ちょっと苦しいかも……。

「あは、嘘ばっかり。でも、体は正直……え、嘘でしょ？」

愛梨の困惑声が聞こえてきた。

どんな顔をしているのか、見たくなり、視線だけチラりと送る。

目を見開き、手で口を押さえている。

驚いているようだ。

試合には負けたが、勝負には勝ったな。

「見栄、張ってないだろ？」

「そ、そうね……」

愛梨は急にしおらしい態度になった。

恥ずかしそうにもじもじし、視線を逸らす。

いきなりそういう表情しないでほしい。

「……」

「……」

何だか、急に雰囲気が変わった気がした。

悪い雰囲気ではない。

しかし良い雰囲気でもない。

これは、もしかして……。

「なぁ、愛梨……わっ！」

ピシャッと、お湯が顔に当たった。

見ると、愛梨が手で水鉄砲を作っていた。

「おい、やめろ！」

得意気な顔でお湯を掛けてくる愛梨に、俺は抗議の声を上げた。

しかし愛梨は生意気な笑みを崩さない。

「悔しかったら、やり返してみれば？　あ、一颯君はこれ、できないんだっけ」

……そう言えば、そうだったな。

昔もこうして、悪戯《いたずら》された。

当時の俺は、水鉄砲が上手《うま》く作れず、愛梨に小馬鹿《こばか》にされたのだ。

……〝当時〟の俺は。

「ほらほら、どうしたの？　やって……キャッ！」

愛梨は悲鳴を上げた。

俺はそんな愛梨に容赦なく、手で作った水鉄砲で、お湯を掛ける。

「どうした？　愛梨、手が緩んでるぞ」

愛梨の手より、俺の手の方が大きい。

当然、跳ばせるお湯の量も勢いも、俺が上だ。

「ちょ、や、やめて……は、激しすぎ……」

愛梨は顔を手で覆《おお》う。

しかし俺は気にせず、お湯を飛ばし続ける。

「こ、この！」

バシャッ！

俺の顔にお湯が掛かった。

愛梨が手でお湯を掬《すく》いあげ、俺の顔に掛けたのだ。

「お、お前！　そ、それ、反則……」

「そんなルール、ありませーん！」

こ、こいつ！

そっちがその気なら、こっちだって！

「おら！」

俺は愛梨の顔に、お湯を掛けた。

愛梨の表情が歪《ゆが》む。

「けほっ！　こ、このぉ‼」

当然、愛梨も反撃してくる。

が、男の俺の方が、手も大きいし、筋力も強い。

土俵が同じなら、勝つのは俺だ。

「ちょ、ま、待って！　ゆ、許して……だ、だめ！　あっ！」

「許さない。ほら、手が止まってるぞ！　続けろよ」

今日こそ、分からせてやる。

※

「……」

「……」

お風呂から上がった後、どういうわけか一颯君は何も話さなくなってしまった。

そして私も、話しかけられなかった。

恥ずかしい。

気まずい。

どうして一緒にお風呂に入ってしまったのか。

互いに裸を見せあってしまったのか。

自分の行動ながら、理解に苦しむ。

……まだ、恋人でもないのに。

「……あのさ」

「な、なに⁉」

唐突に一颯君に声を掛けられ、私は思わず声を上擦《うわず》らせた。

「喉《のど》、乾いたな」

一颯君は明後日の方向を向きながら、そんなことを呟《つぶや》くように言った。

「そ、そうね」

一颯君の方から話しかけてくれたことに安堵《あんど》しながら、私は相槌を打った。

しかし……。

「……」

「……」

一颯君は黙ってしまった。

……飲み物を用意しようとか、そういう話じゃないの？

ただ、言っただけ？

気まずいのは私もだけど……。

一颯君の方から、リードしてよ。

男の子でしょ？

……仕方がない。

「……ココア、飲みたい」

今度は私から、話題を振った。

「うん……？」

しかし一颯君はきょとんとした顔だ。

察しが悪い。

「作って。髪、乾かしてるから」

「……分かった。粉はどこにある？」

「台所の棚。冷蔵庫の牛乳も、使っていいから」

「冷たいのと、温かいの、どっちがいい？」

「冷たいの。ちょっと、逆上せちゃったから」

「了解」

一颯君は頷くと、脱衣室から出て行った。

私はホッと、息をついた。

そして鏡を見ながら、髪を乾かす。

私の顔はお風呂上がりだからか、それとも照れくささからか、赤かった。

「これから、どうしよう……」

一颯君の顔、見れるかな？


「遅かったな」

いつもより時間を掛けて髪を乾かした私がリビングに行くと、一颯君はソファーに座ったまま私を出迎えた。

「少し、待ってろ」

一颯君はそう言うと立ち上がり、台所へと向かった。

冷蔵庫を開けて、中からマグカップを二つ取り出した。

「ほら」

そう言いながら、マグカップを私に差し出した。

どうやら、私が髪を乾かし終えるまで、待ってくれていたようだ。

「先に飲んでても、よかったのに」

私は一颯君の顔を見るのが気まずく、無駄に時間を掛けて、髪を乾かしていた。

その負い目もあり、少しだけ申し訳なくなる。

「一緒に飲む方が、美味《うま》いだろ」

「ふふ、そうね」

私は思わず笑いながら、ココアを口にした。

冷たいココアはお風呂上がりで火照《ほて》った体に染み渡る感じがして、心地よかった。

……でも、ちょっと苦いかな。

「もうちょっと、甘い方が好きかも」

一颯君は苦めの方が好きかもだが、私は甘い方が好きだ。

そう言うと、一颯君は肩を竦《すく》めた。

「でも、砂糖を入れると、また太……痛い！」

私に脛《すね》を蹴《け》られた一颯君は、悲鳴を上げた。

全く、失礼な人だ。

「そもそも、太ってなかったもん」

少し体重が増えただけだ。

今はちゃんと戻したし、そもそも少し甘くしたくらいで太ったりしない。

「あぁ、そ、そうだな。……悪かった」

一颯君は苦笑しながら謝った。

あまり誠意を感じない。

「確かに、細かったもんな」

一颯君は呟くようにそう言った。

そしてハッとした表情を浮かべると、気まずそうに目を逸らした。

私は顔が熱くなるのを感じた。

「……悪い」

「別に……事実だし」

私は顔を背《そむ》けながら、そう言った。

腰回りが細いのは事実だし、誉め言葉だと思うから、気にしてない。

でも、見られたのはちょっと恥ずかしい。

見せたのは、私だけど。

また、雰囲気が変になっちゃった。

普通に話せてたのに。

一颯君のせいだ。

「綺麗だった」

「……は？」

何を勘違いしたのか、一颯君が妙なことを口走った。

唐突だったせいで、私は惚けた声を出してしまう。

「あ、いや、その……肌、とか」

一颯君はしどろもどろになり始めた。

私が怒っていると、勘違いしているみたいだ。

でも、私は怒っているわけではない。

むしろ褒められたのは、嬉しい。

ただ、それ以上に恥ずかしいだけだ。

どうして、あんなはしたないこと、しちゃったんだろう……。

「あ、あのさ、勘違い、しないで欲しいんだけど」

「は、はい」

何故《なぜ》か、背筋を伸ばして姿勢を正す一颯君に、私はいい含める。

「ただの幼馴染だからって理由で、あんなこと、しないから」

普通の男友達に。

ただの幼馴染に。

あんな風に肌を晒《さら》さないし、お風呂にも一緒に入らない。

一颯君が、特別だから。

好きだから。

「それって……つまり……」

しまった。

口を滑らせた。

「信用してるってこと！　そ、それだけだから‼　勘違い、しないでね」

私は誤魔化《ごまか》すように、怒鳴りつけた。

第六章 ＊ ドキドキホワイトデー編 ＊

それはホワイトデーの、翌朝。

「おはよう。一颯《いぶき》君」

「おはよう。愛梨《あいり》」

私はいつものように、幼馴染と待ち合わせ、学校に行こうとした。

いつもと同じ、変わらない日常が続く。

そう思っていた。

「――していいか？」

幼馴染が唐突に、変なことを言い出した。

最初は聞き間違えかと思って、聞き返した。

しかし幼馴染からの要求は変わらない。

私は幼馴染からの、唐突なアプローチに困惑し、後退《あとずさ》る。

幼馴染はそんな私に焦《じ》れたのか、手を伸ばした。

腕を摑《つか》まれる。

強引《ごういん》に引き寄せられ、抱き寄せられてしまう。

ど、どうして……！

わ、私、何か、した⁉

私はただひたすら困惑するしかなかった。

※

愛梨と一緒に風呂《ふろ》に入るという衝撃事件から、二週間。

「おはよう、一颯君」

「ああ、おはよう」

「……」

「……」

愛梨との関係が、ギクシャクしている。

何となくだが、愛梨からの距離感が遠い気がする。

上手《うま》く距離を測れない。

会話も途切れてしまう。

避けられているわけではない。

登下校は一緒だし、予備校でも一緒に勉強している。

ただ、会話がないだけ。

沈黙が辛《つら》く、気まずく感じる。

怒っているのだろうか？

仲直りしたい。

だけど、できない。

喧嘩《けんか》をした記憶がないから。

何を謝ればいいのか、分からない。

だが、この状態が良くないことは、分かる。

今日こそは、仲直りしなくては。

「あ、あのさ。愛梨」

「……なに？」

落ち着け。

まずはちょっとした、世間話から。

「今日、良い天気だな！」

「……曇ってるけど」

……失敗した。

その日の放課後。

俺《おれ》は近くの喫茶店に葉月《はづき》を呼び出した。

「愛梨に嫌われたかもしれない」

「はあ……？」

俺の真剣な相談に、葉月は呆《あき》れ顔を浮かべた。

「いつも通り、一緒にいるじゃないですか」

「一緒にいるけど、会話ができないんだ」

「へぇー、不思議ですね」

なぜか、葉月は機嫌が悪そうだった。

愛梨はともかく、葉月に嫌われるようなことをした心当たりはないが……。

「正直に言うと、私、最近、愛梨さんに避けられているので。分からないんですよね」

「あ、そうなの？」

言われてみれば、愛梨の口から葉月の話が出ない。

愛梨と話ができていないせいかもしれないけど。

「喧嘩してるのか？」

「喧嘩をした覚えはありませんが、まあ、避けられている理由は、心当たりがありますね」

葉月は半笑いを浮かべた。

「それは……」

「風見《かざみ》さんは喧嘩したんですか？」

「いや、喧嘩はしていないが……」

「心当たりはある？」

「そうだな」

「それは何ですか？」

「……一緒に風呂に入った」

あの時から、ギクシャクしている。

いや、風呂から出た後は普通に会話できていた記憶があるので、厳密にはその翌日からだけど。

「ふ、ろ……？　お風呂ですか？　一緒に入浴、されたんですか？」

葉月は目を点にしてそう言った。

俺は気恥ずかしい気持ちになりながらも、頷《うなず》く。

「ま、まあ……」

「水着とか、着て？」

「いや……全裸だ」

俺がそう言うと、葉月は額を押さえた。

「お付き合いをしている自覚、ありますか？」

「……告白された記憶は、ない。した記憶も」

「全裸で一緒に入浴なんて、仲の良い恋人しかしないと思いますけど」

「あぁ……うん。そう、思う」

いや、まあ、冷静に考えてみるとキスとかしている時点で、俺たち恋人同士だったかもしれない。

今更だが。

「で、それだけイチャイチャしてたのに、どうして嫌われたという話になるんですか？　セクハラでもしました？」

「いや……どちらかと言えば、俺の方がされてたが」

そもそも風呂に入ってきたのは、愛梨の方だ。

それが理由で嫌われたら、理不尽にも程がある。

「……好きって言わないから、怒っているのかなって」

愛梨に〝好き〟と言われない限り、俺は〝好き〟と返さないと心に決めていた。

しかし冷静に考えてみると、一緒に入浴している時点で〝好き〟と言われているようなものだ。

ヴァレンタインのあれも、愛梨なりの告白だったのかもしれない。

もし、愛梨なりの告白だったのなら……。

俺は愛梨の告白を、無視し続けているということになる。

「そんなことで今更、怒らないと思いますけどね。愛梨さんも、好きと認めない時点でお互い様ですし」

「好きって言ってるつもりなのかもと、思って」

「多分、そんなつもり、ないと思いますよ」

「……そうかな？」

「はい。告白している気なんて、ないと思います」

……確かにいつも、〝勘違いするな〟って言うしな。

「愛梨さんは、自分からは絶対に告白しないと思います。意地っ張りですから」

「そうかな？　そうかも。なら……」

「でも、自分のこと棚に上げて、告白しない風見さんに逆切れしている可能性は、否めないですね」

「そうか……」

結局のところ、告白してこない、好きと言わない俺に怒っている可能性は、否定しきれない。

もう、俺が譲歩した方が、いいのだろうか……。

「愛梨さん、美人ですからね」

　ポツリと、葉月は呟いた。

「それがどうした？」

「いや、可愛《かわい》いから、モテるなと思って。普通の男性は、愛梨さんの面倒くささ、知らないと思うので」

「……それが、何だよ」

「告白されたら、案外、コロッと行くのかなって」

「そんな馬鹿《ばか》な！」

　思わず、立ち上がってしまった。

　愛梨が俺以外の男となんて……。

「……でも、そう、だな。俺より相応《ふさわ》しい男なんて、いくらでもいるかもしれないな」

　俺、愛梨以外から、好意寄せられたことないし。

　愛梨と違って、モテないし。

「……似た者カップルですね」

「うん？　いや、愛梨とはそこまで似てないと思うけど」

「あぁ、うん……風見さんがそう思うなら、そうかもしれませんね」

　葉月は呆れ声でため息をついた。

「そう思うなら、早く告白した方が、いいんじゃないですか？」

「……」

「早い者勝ちですよ」

「そう……だな」

「一生、後悔しますよ」

「あぁ……うん」

「私、嫌ですから。お二人が、お二人以外の人と、恋人になるのは。ブチギレます。絶交しますから」

「……ありがとう」

「それは付き合ってから言ってください」

「その通りだな」

……腹を括《くく》るか。

※

愛梨に告白しようと思う。

思い立ったが吉日。

何事も早い方がいい。

俺の覚悟が鈍らないうちに、済ませてしまおう。

そう思ったが、葉月に止められてしまった。

「ムードを考えてください」

とのことだった。

葉月曰く、「女の子にとって好きな男の子に告白されるのは一生のうち五本の指に入るくらい大事なイベントなので、ちゃんと思い出に残る物にしてあげてください」とのことだ。

確かにシチュエーションは大事だ。

しかしそんな凝った演出は、俺にはできない。

だが、凝った演出にする必要はないそうだ。

いい感じの日取りに、いい感じのデートをして、いい感じの場所で、プレゼントと一緒に言葉を伝えれば良いとのことだ。

「後は愛梨さんの頭の中で、勝手にロマンティックに変換されますよ」

とは、葉月の談である。

幸いなことに、あと数週間でホワイトデーがある。

日取りは悪くない。

後はデートと、場所と、プレゼントだ。

「愛梨。ホワイトデーだけど、予定ある？」

「え……⁉」

早朝。

俺は早速、愛梨に尋ねた。

「ないけど……それが？」

「デートに行かないか？」

「で、デート⁉」

俺の言葉に愛梨は目を見開いた。

何だ、そのリアクションは。

「そんなに驚くことか？」

「い、いや……一颯君の方から、そんなこと、言い出すなんて。……珍しいなって」

……ふむ。

確かに俺はイベントごとには疎く、いつも愛梨に付き合う形で参加していた。

「たまにはいいだろ？」

「……そうね。それで、どこに行くか、決まってるの？」

「いや、まだだ。愛梨は行きたい場所、ある？」

俺が下手にロマンティックな場所を選ぶより、愛梨が行きたい場所の方が、上手くいくだろう。

「うん、そうねぇ……」

「特にないなら、俺が決めるけど」

俺も誘った以上、候補は見繕っている。

「じゃあ、一颯君、決めて」

「分かった。じゃあ……」

デート場所について告げようとした時。

愛梨の人差し指が、俺の唇を塞《ふさ》いだ。

「当日まで、秘密にして」

「……あまりハードル、上げないでくれよ」

「大丈夫。一颯君にそこまで期待、してないから」

……それはそれでちょっと複雑なんだが。

※

そしてホワイトデー、当日。

俺は愛梨と家の前で待ち合わせた。

「じゃあ、行こうか」

「うん」

俺たちは駅で電車に乗った。

目的地は……。

「ふーん、水族館ね。一颯君にしては、上出来ね」

愛梨は偉そうに言った。

口調の割には表情が綻《ほころ》んでいる。

正解だったようだ。

「……何、ニヤニヤしてるの？　気持ち悪い」

愛梨の顔を見ていたら、気付かれてしまった。

は？　お前の顔なんて、見てないし。

と、いつもなら返すところだが、今日はそういう日じゃない。

「見惚《みほ》れてたんだ」

「……熱でもあるの？」

愛梨は呆れ顔を浮かべた。

……慣れないことはするもんじゃない。

「……冗談だ。行くぞ！」

「あ、うん」

俺は愛梨の手を握り、水族館に入館した。

※

最近、一颯君とギクシャクしている。
避けられているわけじゃない。
いつも一緒にいる。
でも、会話が続かない。
嫌われちゃったかもしれない。
さすがに一緒にお風呂に入るのは、どうかしていた。
はしたない女の子だと、思われちゃったかもしれない。
ドン引きされちゃったかもしれない。
どうしよう。
謝るのも、変だし。
陽菜《ひな》ちゃんには……相談しにくいし。
そう思い悩んでいたが、急に一颯君がデートに誘ってくれた。

嫌いな女の子を、デートには誘わないだろう。

杞憂だったようだ。

もしかしたら、ただ照れていただけかもしれない。

私のことが好きすぎで、話し辛かったのかも。

……見惚れてた、か。

ちょっと、顔がニヤケそう。

もっとも、そんな安直な言葉で照れるほど、安っぽい女だと思われるのは嫌だし、努めて平静を装うけど。

「ペンギン、可愛いね」

「そうだな」

……期待よりも、一颯君の相槌には、心が籠《こも》っていなかった。

男の子だし、あまり興味ないのかも。

一颯君、恐竜とかの方が好きだったし。

「そう言えば、お前、ペンギン飼いたいって駄々捏《こ》ねたこと、あったよな」

「……え？　あぁ、うん。よく覚えてるわね」

唐突に黒歴史を掘り返された。

ここではないが、家族と、そして一颯君と一緒に水族館に行った時、私は「ペンギンが欲しい」と駄々を捏ねた。

水槽の前で泣き喚いたのを覚えている。

代わりに人形を買ってもらったけど、不満たらたらだったっけ……。

「イルカも飼いたがったな」

「……変な事ばっかり、思い出さないでよ」

あぁ……そうか。

私がペンギンとイルカが好きって、覚えてたから。

水族館にしたんだ。

ふーん。

一颯君にしては、気が利《き》くじゃない。

「イルカショーは一時間後だから」

「そ、そう」

いつになく、用意周到だ。

何か、悔しい。

「一颯君は、見たいのないの？」

「え？」

イルカも、ペンギンも。

私が好きな動物だ。
一颯君が好きな動物じゃない。
水族館に誘ったのは一颯君だし、見たい動物くらいあるだろう。
……なーんてね。
ないだろうけど。
私を喜ばせるために、水族館を選んだんだろうし。
さて、どう答えるだろうか？
誤魔化《ごまか》すのかな？
それとも、私のために水族館を選んだって、白状するのかな？
「とっておきがある」
しかし一颯君の回答は、私が期待していたものと違った。
自信あり気な表情だ。
見たい物……というよりは、見せたい物。
私と一緒に見たい物という雰囲気だけど。
「ふーん。……聞いて良い？」
アザラシとか？
確かにペンギン、イルカの次に好きだけど。

あ、もしかして、サメとか？

サメなら、一颯君も好きそう。

「クラゲ」

「……クラゲ？」

斜め上の回答が来た。

地味すぎでしょ。

ウニとかナマコの方が、まだ面白《おもしろ》いと思う。

食べられるし。

「じゃあ、イルカの前に見ようかしら」

「……今日の最後にしようと思ってたんだけどな」

どんだけクラゲに自信があるんだか。

理解できない。


結論から言うと、カラーライトに照らされたクラゲは、想像の百倍綺麗《きれい》だった。

ちょっと、侮《あなど》ってた。

不覚にも、ときめいてしまった。

悔しい……。

※

「ふ、ふーん。悪くないじゃない」

などと言いながら、愛梨はうっとりとした表情でクラゲを眺めていた。

悪くない反応だ。

水族館を選んだのは、正解だった。

ただ問題が一つ。

計画が狂った。

本来はイルカショーで最大限楽しませ、その後、食事をし、最後にこのクラゲの水槽でしんみりと落ち着かせるつもりだった。

そしていい雰囲気のところで、告白。

というプランだったのだが、クラゲが先になってしまった。

どうしようかな。

今、気持ちを伝えようか？

いや、でもイルカショーが控えてるしなぁ。

イルカショーの後がいいか。

でも、イルカショーの後って雰囲気としてはどうなんだ？

悪くはないかもしれないが、適切ではない気もする。

そんなことを悩んでいるうちに、イルカショーの時間になってしまった。

「わぁ！　すごい‼」

愛梨はキャッキャッと楽しそうに手を叩《たた》いている。

記憶通り、イルカも好きみたいだ。

「この後、だけど、レストランに行かないか？」

時刻は十六時。

夕食には早いが、お互い昼は早めに食べてきた。

「レストランって、水族館の？」

「ああ」

「良いわね。気になってたの！」

愛梨は嬉《うれ》しそうに言った。

早速、水族館内にあるレストランへと向かう。

「へぇ、すごい。水槽もあるんだ！」

レストランの壁面は、巨大な水槽になっていて、魚たちが泳いでいる。

魚を見ながら食事ができるのが、コンセプトだ。
メニューは当然だが、海鮮系が多い。
生きている魚を見ながら魚を食べるのは、少々猟奇的な気もするが……。
やはり日本人の性《さが》か、魚を見ていると魚を食べたくなる。
「俺はアジフライ定食にしようかな。……愛梨はどうする？」
「このイルカの味噌煮ってやつにするわ」
愛梨は笑顔でそう言った。
……イルカ、好きなのに食えるのか。
いや、好きだから食べるのか？
どういう心境なんだろうか。
水槽のアジを見てアジフライを食べたくなった俺が言えることではないが。

レストランでの食事が終わる頃には、閉館時間になった。
水族館を出ると、景色は夕焼けで紅く染まっていた。
決してベストのタイミングとは言えないが、今を逃したら次のチャンスはない。
やるしかない。

「愛梨」

俺は立ち止まり、愛梨を呼び止めた。

「なに？」

「……これ。ホワイトデーのお返し」

俺はそう言って愛梨に袋を差し出した。

まずはホワイトデーのプレゼント交換をする。

告白はそれからだ。

「えっ……？」

しかし愛梨はなぜか、驚いた表情を浮かべた。

ぽかんと口を開けている。

……予想していた反応と、違うのだが。

「ホワイトデー……？　あっ！」

愛梨は目を大きく見開いた。

そして目を泳がせた。

「あぁ……うん、えっと、その……ごめんなさい」

愛梨は申し訳なさそうな表情で頬《ほお》を掻《か》いた。

「……準備、してなかった」

あっ……。

「そ、そう、かぁ……」

今年は愛梨にヴァレンタインのプレゼントを渡した。

だからホワイトデーのお返しをもらえると思っていたんだけどな……。

「ち、違うの！　聞いて!!　そ、その……ホワイトデーってもらってばかりだったし、渡す発想がなかったというか……それに、ほら！　ヴァレンタインでお互いにプレゼントしたし！

だから、その、要らないかなって……」

「あぁ、うん。……大丈夫。分かってる」

薄々そんな気はしていた。

今日はホワイトデーだというのに、愛梨からの反応が鈍かったし。

プレゼントを用意してそうな気配がなかった。

「埋め合わせはするから！　後で……」

「後じゃ意味がないだろ」

ハロウィンのお菓子はハロウィンに。

クリスマスのプレゼントは、クリスマスに。

ヴァレンタインのチョコは、ヴァレンタインに。

贈るから意味がある。

いつもそう言っているのは愛梨だ。

「そ、そうよね。じゃ、じゃあ……何か、代わりのモノを……」

「とりあえず、これ、受け取ってくれないか？」

「あ、うん。あ、ありがとう……」

愛梨はおずおずと遠慮がちに袋を受け取った。

そして上目遣《うわめづか》いで、俺に対して「開けていい？」と問いかけた。

もちろんだと返す。

「イヤリング……」

俺が愛梨に贈ったのは、イヤリングだ。

クリスマスがしょうもない物だったので、今回は奮発した。

ブランド品ではないが、そこそこの値段だったし、悪くない物のはずだ。

「あ、ありがとう。で、でも、申し訳ないわね……」

愛梨は赤らんだ頬を指で掻いた。

嬉しい気持ちと、申し訳ない気持ち。

二つが混ぜこぜになった、複雑な表情だ。

俺としては愛梨に純粋に喜んでほしかったので、この反応は少々、不本意だ。

「なら、俺からお願いを一つ、聞いてもらっていいか？」

「お願い？　いいけど、一つでいいの？　クリスマスの時は、たくさん券をもらったけど……」

どうやら俺がクリスマスの〝回数券〟をプレゼントしたように、お願いできる権利をたくさんくれるつもりらしい。

だが、俺のお願いはそういうものじゃない。

「ああ。一つでいい。大きい内容だから」

「大きい……そ、その、いいけど、私にできる内容にしてよね」

「もちろん。……嫌なら、拒否してくれても構わない」

果たして弱みにつけ込むような形でいいのかとも思ったが……。

愛梨の方も、きっと望んでくれるはず。

「それで……お願いって?」

だって、俺たちは……。

「これからも、ずっと、一緒にいてくれないか?」

相思相愛だから。

「……一緒に?」

愛梨はきょとんとした表情で首を傾《かし》げた。

俺は頷く。

「あぁ、うん。大学に進学する時も、就職した後も、これからずっと、一生。俺と、その、お前と一緒にいたい」

愛梨の隣を別の男が歩くなんて、嫌だ。

たとえ俺が愛梨に釣り合っていなくとも。

愛梨の隣は、俺だけの居場所だ。

「ダメかな？」

「いいわよ」

愛梨は赤い顔で、小さく頷いた。

「私も……一颯君と一緒にいたいから。ずっと、一緒にいよう」

愛梨は恥ずかしそうに、モジモジしながらそう答えた。

……意外な反応だ。

正直、もっと、こう……「しょうがないなぁ。一颯君は私が一緒にいないとダメなんだから。いいよ、恋人になってあげる」みたいに生意気な感じじかと思っていたんだけど。

もしかして、気にしてたの、俺だけだった？

だとしたら、恥ずかしいし、間抜けだな……。

「じゃあ、とりあえず、一緒に帰ろう」

「うん」

はにかみながらも頷く愛梨の手を、俺は握った。

愛梨は少し驚いた表情を浮かべたが、強く握り返してくれた。

俺たちは恋人繫《つな》ぎをしながら、帰路に着いた。

俺たちは恋人同士になった。

エピローグ

翌朝。

愛梨《あいり》はいつものように、俺《おれ》の家の前で待っててくれた。

今までと違うのは、俺たちがただの幼馴染ではなく、恋人同士だということだ。

「おはよう。一颯《いぶき》君」

「おはよう。愛梨」

いつもと同じ挨拶《あいさつ》のはずなのに、どうしてか新鮮に感じる。

「じゃあ、行きましょう」

「あぁ……でも、その前に、いいか？」

「なに？」

「キスしていいか？」

「ええ、もち……ふぇ？」

愛梨はぽかんと口を開けた。

さすがにいきなりすぎたかな。

「い、今、なんて……？」

「キスしていいかな?って。おはようのキス」

「な、なんで⁉」

愛梨の顔が見る見るうちに赤くなっていく。

そして俺から距離を取るように、ゆっくりと後退《あとずさ》る。

俺はそんな愛梨の腕を摑《つか》んだ。

「きゃっ！　ちょ、やめ……」

「危ない！」

俺は強引《ごういん》に愛梨を自分の方へと、引き寄せた。

つい先ほど、愛梨がいた場所を、トラックが通り過ぎていく。

「後ろを向きながら、車道に出るなよ」

全く、危ないやつだ。

やっぱり、愛梨には俺がいないとダメだな。

「あ、あぁ……うん。あ、ありがとう」

愛梨は恥ずかしそうに項垂《うなだ》れた。

そして俺を上目遣《うわめづか》いで見上げる。

「あ、あのさ」

「どうした?」

「そ、そろそろ、離してもらっても、いい？」

愛梨は腕の中でそう言った。

引き寄せた際に、うっかり抱きしめてしまっていた。

……いやまあ、うっかりじゃなくて、わざとだけど。

「その前に、キスしていいか？」

「だ、だから、何で……」

「キスしたいから」

「い、意味分からないんだけど⁉」

「何度もしてきたじゃないか」

正月なんて、愛梨の方からねだってきたし。

「そ、それは、た、確かにそうだけど……」

「……嫌だった？」

やはり唐突すぎただろうか？

恋人同士になったし、キスくらい、いつでもして良いかなと思ったけど。

キスはしたいが、愛梨に嫌われたくはない。

「嫌なら、いい。悪かった」

俺は気まずさを感じながら、腕の力を緩めた。

しかし愛梨は俺から離れなかった。

「……嫌とまでは、言わないけど」

「本当に？　じゃあ……」

「ほ、ほっぺなら、いいわよ。……キス」

愛梨は俺に頬《ほお》を向けながら、そう言った。

頬かぁ……。

昏が良かったけど、贅沢は言えない。

「おはよう、愛梨」

俺は愛梨の耳元でそう囁《ささや》いてから、頬にキスをした。

「あぅ……」

するとガクッと愛梨の膝《ひざ》が崩れた。

慌てて愛梨を支える。

「大丈夫？」

「う、うん……」

愛梨は顔を真《ま》っ赤《か》にしながら、頷《うなず》いた。

俺はそんな愛梨の腕と腕を組み、手をしっかりと握る。

「じゃあ、行こう」

「い、いや……ちょっと。い、一颯君？　こ、これは、さすがに……」

さすがに腕を組み、恋人繋《つな》ぎしながらの登校は恥ずかしいようだ。

だけど、俺は愛梨が自分の恋人だと、見せつけたい。

「車道に出たり、倒れたり、危なっかしいからな」

「い、いや、それは一颯君が……」

口では抵抗しながらも、やはり満更でもないらしい。

最終的に愛梨は俺の気持ちを受け入れ、手を繋ぎながら登校してくれた。

放課後は愛梨と何しようかな？

愛梨との新生活に、俺は胸を高鳴らせた。

※

一颯君の様子が、おかしい。

私――神代《かみしろ》愛梨は困惑していた。

毎朝、出会いがしらにキスをしてくる。

夕方、別れる前にもキスを求めてくる。

頬や額で妥協させているけど、いつ唇を奪われるか、分からない。

それほど情熱的になっている。
悪い気は……しない。
一颯君とキスするのは好きだ。
だって、一颯君のことが好きだから。
耳元で囁かれ、頬にキスされると、腰が砕けてしまう。
それくらい、気持ちい。
もっとされたい。
でも……おかしい。
だって、私たち、恋人同士じゃない。
……いや、確かに今まで何度もキスしてきているけど。
でも、それはそういう雰囲気だったからだ。
雰囲気に流され、なし崩し的にキスをしてきただけだ。
毎日、そういう雰囲気でもないのに、キスし合うのはおかしい……気がする。
私がおかしい？
いや、おかしいのは一颯君のはず。
いつから？
確か一週間前……ホワイトデーの日の、翌朝からだ。

ホワイトデーの日に、何かあったっけ？
いや、でも、何もなかったはず。
精々《せいぜい》、イヤリングをもらっただけ。
後は……一颯君に一緒にいようって、言われたくらい？
でも、今までも一緒にいたし。
これからも一緒にいるなんて、当たり前だし。
変なこと言った覚えはないけれど……。
どうしよう。
陽菜《ひな》ちゃんに相談しようかな？
でも、陽菜ちゃんとは、ちょっと気まずいし……。
私が一方的に避けちゃってるだけだけど。
今更、相談というのは虫が良すぎる。
それに不快に思うかもしれない。
自分で解決しないと。
一颯君には、何か、目的があるはずだ。
ただキスしたいだけでは、ないはず。
でも、毎日キスすることにどんな意図が……。

まさか！

「どうした？　愛梨。そんなに見つめられると、困るんだけど」

既成事実化するつもり⁉

私と、毎日キスして。

手を繋いで、周囲に見せつけて。

外堀埋めて、私が拒否できないようにするつもりなんだ‼

私を誑《たぶら》かして、一颯君なしではいられない体にするつもりなんだ！

私が一颯君のこと、好きなことを知ってて、やってるんだ！

私に無理矢理、好きって言わせるつもりなんだ！

ひ、卑怯《ひきょう》者め！

「私、負けないから」

その手には乗らない。

一颯君の方から、好きって言わせてやる！

勝つのは私だ。

「……はぁ？」

一颯君は私の宣戦布告に対し、不思議そうな顔で首を傾《かし》げた。

白々しい顔だ。

ムカつく！

「ところで、愛梨」

「なに？」

「キスしていい？」

「……ふぁっ⁉」

い、いきなり？

今、ここで？

「が、学校、だけど……ここ……」

「大丈夫。誰《だれ》も見てないから」

「そ、そうかも、だけど……」

放課後。

階段の踊り場。

周囲には人気はない。

い、いや、でも、学校でなんて……。

「……ダメか？」

一颯君は寂《さび》しそうな表情を浮かべた。

その顔は、卑怯だ。

逆らえない。

お願いを叶《かな》えてあげたくなってしまう。

「……ちょっとだけ、ね」

私はいつものように、一颯君に頬を差し出した。

幸いにも、一颯君はほっぺにキスするだけで満足してくれる。

頬に唇を当てられるくらい、どうってことない。

「ありがとう、愛梨」

一颯君は微笑むと、私を抱き寄せた。

服伝いに一颯君の体温と鼓動を感じる。

髪を撫でられる。

擽《くすぐ》ったい。

「愛梨」

耳元で名前を囁かれる。

ゾワッとする。

「は、早く、して……」

「そう、急ぐこと、ないだろ」

急いでいるわけじゃない。

そう言う前に、私の頬に柔らかい物が触れる。

触れた場所が、カッと熱くなる。

私はとっさに、両足に力を入れる。

一颯君の服を掴み、倒れないように体を支える。

一颯君はそんな私の顎《あご》を、無造作に掴んだ。

「そんなに抱き着くなよ」

「あ、ちょっ……」

待って。

そう言おうとした私の唇が、一颯君の唇に塞《ふさ》がれた。

こ、これ……だ、だめ。

た、耐えられない……。

「あ、あぁ……」

唇が離れる。

同時に私の体から力が抜ける。

一颯君に体を支えられ、足を小鹿のように震わせながら、踏ん張る。

一颯君の胸元《むなもと》に顔を埋め、真っ赤な顔を隠しながら、息を整える。

「……大丈夫か？　愛梨」

「……っけ、ないから？」

「……何だって？」

私は一颯君を睨《にら》みつける。

「負けない、から……！」

こ、こんな、安っぽいキスで！

私は堕《お》ちたりしない!!

絶対に、先に「好き」って、言わせてやる!!

あとがき

お久しぶりです、桜木桜《さくらぎさくら》です。

気付けば「キスらせ」も三巻となりました。

今回はどこまで話を進めるべきかで悩みました。ずっとジレジレさせ続けたら、さすがに話が停滞してしまいます。しかし関係を進めてしまうと、ただのラブラブカップルになってしまう……。

この二人が恋人同士になると、喧嘩ップルがただのバカップルになってしまいますし、「恋人じゃないのにキスをする」という作品のテーマが揺らいでしまいますので、それは避けたかったです。

悩んだ結果が今回のラストになります。

個人的には今後の展開にも期待が持てる、良いラストになったかなと思っています。

続きが書けるかは三巻の売上次第ですが……ぜひ、四巻で関係が変化した（?）二人のエピソードを書きたいと思っています。

ではそろそろ謝辞を申し上げさせていただきます。


本作のイラストを担当してくださっている千種みのり様。この度も素晴らしい挿絵、カバーイラストを描いてくださり、ありがとうございます。

またこの本の制作に関わってくださった全ての方、何よりこの本を購入してくださった読者の皆様にあらためてお礼を申し上げさせていただきます。

それでは四巻でまたお会いできることを祈っております。

ファンレター、作品の
ご感想をお待ちしています

〈あて先〉

〒105-0001
東京都港区虎ノ門2-2-1
ＳＢクリエイティブ（株）
GA文庫編集部 気付

「桜木桜先生」係
「千種みのり先生」係

本書に関するご意見・ご感想は
右の QR コードよりお寄せください。

※アクセスの際や登録時に発生する通信費等はご負担ください。

https://ga.sbcr.jp/

「キスなんてできないでしょ？」と挑発《ちょうはつ》する生意気《なまいき》な幼馴染《おさななじみ》をわからせてやったら、予想以上《よそういじょう》にデレた３

発　行　　2024年3月31日　初版第一刷発行
著　者　　桜木桜
発行者　　小川　淳

発行所　　SBクリエイティブ株式会社
〒105-0001
東京都港区虎ノ門2-2-1

装　丁　　AFTERGLOW

印刷・製本　中央精版印刷株式会社

ISBN978-4-8156-2479-8

Printed in Japan　　GA文庫

試読版は
こちら!

試読版は
こちら!

試読版は
こちら!

試読版は こちら!

ひきこまり吸血姫の悶々 13

GA文庫

著：小林湖底　画：りいちゅ

ある日、コマリの元に届いた手紙。そこにはこう書かれてあった。

「白極連邦統括府《はっきょくれんぽうとうかつふ》へ来い！」 差出人はプロヘリヤ・ズタズタスキー。どうやら何か思惑があってのことらしい。聞けばアイラン・リンズにも同じような手紙が届いたという。ときは夏まっさかり。白極連邦といえば寒冷な土地で「避暑地として楽しめるかも」というヴィルの進言とは裏腹に、盛夏の白極連邦は……猛烈な吹雪《ふぶき》に見舞われていた！　季節外れの猛吹雪に、更迭された書記長、そして集められた六戦姫《ろくせんき》。革命を達成し、新たな世界秩序を模索するプロヘリヤ・ズタズタスキーは高らかに宣言するのだった。

「これより白銀革命を完遂する！」

殲滅魔導の最強賢者３
無才の賢者、魔導を極め最強へ至る
著：進行諸島　画：風花風花

GA文庫

「さて、次は武器だが……こっちは作る必要がありそうだな」

戦闘に不向きな紋章を持ちながら、鍛錬の末、世界最強と呼ばれるに至った魔法使いガイアス。ユリルたちの新たな武器を作るため、自身が所有する第３工房へと訪れる。戦力強化を済ませた仲間たちの戦闘訓練を兼ねて、熾天会《してんかい》の支部があるという島へ突入を開始する!!

立ちはだかる魔物たちを排除するガイアスたちの前に、【理外の術】を施された熾天会の戦闘員たちが現われて――!?

「失格紋の最強賢者」スピンオフ！　無才の賢者が魔導を極め最強に成り上がる無双譚《むそうたん》、第３弾!!

**お隣の天使様にいつの間にか
駄目人間にされていた件９**

著：佐伯さん　画：はねこと

GA文庫

　誕生日を迎えた周は、真昼のおかげでたくさんの変化が生まれたことを実感し、こそばゆくも幸せを噛みしめた。

　真昼が生まれた日にもありったけの祝福を贈ろうと決意して、準備に奔走する日々を過ごす周。

　そんな中、進路を考える時期に差し掛かった二人は、一緒に暮らす未来を思い描き、受験勉強を乗り越えようと約束するのだった。

　そして待ち望んだ真昼の誕生日。特別な一日にするべく、周はとあるサプライズを用意して……。

　可愛らしい隣人との、甘くじれったい恋の物語。

第17回GA文庫大賞
GA文庫では10代～20代のライトノベル読者に向けた
魅力溢れるエンターテインメント作品を募集します！
書く、その先へ。
イラスト／はねこと
大賞賞金300万円+コミカライズ確約！
◆募集内容◆
広義のエンターテインメント小説（ファンタジー、ラブコメ、学園など）で、日本語で書かれた未発表のオリジナル作品を募集します。希望者全員に評価シートを送付します。
※入賞作は当社にて刊行いたします。詳しくは募集要項をご確認下さい。
全入賞作品を刊行までサポート!!
応募の詳細はGA文庫公式ホームページにて
https://ga.sbcr.jp/